U0522543

小毛驴之歌
Platero and I

[西班牙] 希梅内斯 著
孟宪臣 译

北京出版集团
北京十月文艺出版社

希梅内斯和他的《小毛驴之歌》

孟宪臣

胡安·拉蒙·希梅内斯是西班牙著名作家,20世纪西班牙抒情诗的创始人。1956年10月25日,"由于他的西班牙语抒情诗为高尚的情操和艺术的纯真树立了一个典范",瑞典皇家语言学院授予他年度诺贝尔文学奖。

希梅内斯生于1881年10月23日,他的故乡是西班牙南部的安达卢西亚地区所属韦尔瓦省的莫盖尔镇,该镇紧靠历史名城帕洛斯港,濒临大西洋。五百多年前,即1492年10月,著名意大利航海家哥伦布奉西班牙王室之命率领三艘西班牙帆船从此港口出发驶向东方,寻找通往中国、印度的捷径,不经意间发现了一片新大陆,即现今的美洲。

莫盖尔清新的空气、幽雅的街巷、紫茉莉的馨香、木轮车奏出的乐章、古朴的民俗民风孕育了希梅内斯这样一位天才诗人。他的父亲以种植果园和经销葡萄酒为生，家境颇为富裕。父母之爱集于一身，希梅内斯拥有一个非常幸福的童年。

1890年，他开始在家乡的教会学校读书，六年之后，遵从父命进入当时西班牙南部最著名的塞维利亚大学攻读法律。但入学后不久，希梅内斯发觉对父亲为其选择的专业毫无兴趣，他爱好的是绘画艺术。一次历史课考试的失败促使他放弃了法律专业。同时他的兴趣又从绘画转向了诗歌，并且很快地就在现代抒情诗创新上独树一帜。

1900年，十九岁的年轻诗人怀着极大的抱负与满腔热忱到达全国文化中心首都马德里，在那里继续进行抒情诗的创作。正是在这一年，蜚声拉丁美洲文坛，同时使古老而自大的欧洲感到耳目一新的现代主义诗歌大师、中美洲弹丸之国尼加拉瓜诗人鲁文·达里奥应邀访问西班牙。西班牙现代抒情诗的缔造者、年轻而有为的希梅内斯有幸会见了长自己十四岁的世界级文学泰斗鲁文·达里奥。此次会见，使希梅内斯在诗歌的创作上受到莫大鼓舞，获益匪浅，并且汲取了新的写作手法，先后发表的震撼诗界的名篇有：《悲哀的咏叹调》《远方的花园》等。

然而，不幸的是，就在这一年年末，诗人的父亲突然患病，离开人世。这个噩耗如同晴天霹雳击碎了诗人原本就相当脆弱的身心。一种不祥的预感始终像噩梦一样缠绕着他的心。诗人被迫到法国的波尔多市疗养了相当长的一段时间。1904年，由于过度忧伤，怀乡愁肠日益难忍，诗人决定回到故乡莫盖尔"白色的仙境"中去。故乡淳朴的风土人情、母亲的可口饭菜及无微不至的关爱与照顾使他的心境一天天好起来。这时，诗人的写作欲望又燃烧起来，而且一发不可收拾，进入了一个新的创作时期。虽然他已是二十三岁、血气方刚的青年，但他童心未泯，仍时常生活在童年的回忆之中。当然，不可否认的是他心中仍不时感到孤独与寂寞，于是他就把孩提时代与他一起玩耍的那头银灰色的小毛驴当作朋友、伙伴，给它取名"普拉特罗"，与它倾诉衷肠，带着它与小朋友玩耍，与大自然对话。诗人高兴时骑上它，在家乡的山水间信步畅游，但更多的时候是小毛驴自己随心所欲地游逛。这时候，诗人则躺在软绵绵的草地上，沐浴在阳光与和风中，浮想联翩。诗人对故乡的爱慕与眷恋的拳拳之心、对穷苦人的怜悯与同情都凝聚在《小毛驴之歌》[①]的每一章的字里行间。可以说它是一曲安达卢西亚田园哀歌，是一幅展示他的家乡莫盖尔的风情画卷。

---

① 该书原名《普拉特罗和我》，中译本改为《小毛驴之歌》。

甚至可以不揣冒昧地说，以西班牙语作母语的人不晓得胡安·拉蒙·希梅内斯是诗人的为数不少，但几乎无人不知《小毛驴之歌》这本散文诗，因为凡是上过学的人大都在小学读过它的一些章节，即使没有上过学，但有阅读能力的人也都读过它。每年1月6日东方三王节①时，抑或儿童们的生日时，家长、亲朋好友都乐于购买此书送给孩子们。

现在，我们把它译成中文，奉献给中国读者。虽然这本书中描写的是《堂·吉诃德》的祖国西班牙一百多年前的风景、人和事，但读来仍倍感亲切。

最后，需要补充一点的是，1956年当希梅内斯被授予诺贝尔文学奖时，他的妻子罹患癌症，生命处于垂危之际，诗人因此也受到致命打击，未能亲赴斯德哥尔摩出席授奖仪式。1958年，诗人在一次车祸中不幸致残，同年5月，告别人世，与先他而去的妻子长眠在家乡莫盖尔的墓地里。

---

① 宗教节，据传每年的1月6日，东方三王在夜间到达圣婴降生的畜栏，给他带去许多礼物。这天清晨孩子们睁开眼时，会收到礼物。

目 录

致家长们（代前言）……………………… 1

1　我的普拉特罗 ……………………… 1
2　白蝴蝶 ……………………………… 2
3　欢乐的傍晚 ………………………… 3
4　日　食 ……………………………… 6
5　寒　冷 ……………………………… 9
6　上　学 ……………………………… 11
7　疯　子 ……………………………… 14
8　犹　大 ……………………………… 15
9　无花果 ……………………………… 17
10　晚　祷 ……………………………… 19
11　后　事 ……………………………… 21
12　扎了一根刺 ………………………… 23

13	燕　子	24
14	驴　棚	27
15	阉马驹	29
16	对面的房子	31
17	傻孩子	34
18	幽　灵	36
19	火红的景色	38
20	鹦　鹉	39
21	平屋顶	41
22	归　来	44
23	铁栅门关着	46
24	堂·何塞神父	49
25	春　天	52
26	水　窖	55
27	癞皮狗	57
28	水　潭	59
29	四月的田野	61
30	金丝雀飞了	63
31	魔　鬼	65
32	自　由	67
33	匈牙利人	70

34	女　友	73
35	蚂　蟥	75
36	三个老太婆	77
37	驴　车	79
38	面　包	81
39	阿格拉埃	83
40	王冠松树	86
41	达尔翁	88
42	孩子和水	90
43	友　谊	92
44	哄孩子的小姑娘	94
45	庭院里的树	96
46	患肺病的小姑娘	99
47	洛西奥节	101
48	龙　萨	103
49	拉洋片老头	106
50	路旁之花	108
51	洛　德	109
52	水　井	111
53	杏　子	113
54	被踢了一蹶子	115

55	驴畜学	117
56	圣餐会节	119
57	漫　步	121
58	斗　鸡	123
59	傍　晚	125
60	印　章	128
61	狗妈妈	130
62	她与我们	132
63	麻　雀	133
64	弗拉斯科·贝莱斯	135
65	夏　令	136
66	山　火	138
67	小　溪	140
68	星期天	143
69	蟋蟀啼鸣	145
70	斗　牛	147
71	暴风雨	149
72	收葡萄	152
73	夜　晚	154
74	萨里托	156
75	午　休	157

76	放烟火	159
77	花果园	162
78	月　亮	164
79	欢　乐	165
80	野鸭子	167
81	小姑娘	168
82	牧　童	170
83	金丝雀死了	173
84	山　冈	175
85	秋　天	177
86	拴着的狗	178
87	希腊乌龟	179
88	十月的下午	181
89	安东尼亚	182
90	漏掉的一串葡萄	184
91	阿尔米兰特	187
92	书	189
93	鱼　鳞	190
94	皮尼托	192
95	河　流	194
96	石　榴	196

97　古老公墓 …………198
98　利皮亚尼 …………201
99　城　堡 …………203
100　斗牛场废墟 …………206
101　回　声 …………208
102　吓了一跳 …………210
103　古　泉 …………211
104　道　路 …………213
105　松　子 …………214
106　逃亡的公牛 …………216
107　十一月的田野 …………219
108　白　马 …………220
109　闹新婚 …………222
110　吉卜赛人 …………224
111　火　焰 …………227
112　休　养 …………229
113　衰老的驴子 …………231
114　黎　明 …………233
115　小　花 …………235
116　圣诞节 …………237
117　里贝拉街 …………239

118	冬　天	241
119	驴　奶	243
120	寂静的夜晚	245
121	芹菜帽子	246
122	东方三博士	248
123	金　山	250
124	酒	252
125	寓　言	254
126	狂欢节	256
127	莱　昂	258
128	风　磨	260
129	塔	262
130	沙贩子的驴	263
131	情　歌	265
132	普拉特罗死了	266
133	怀　念	268
134	小木驴	270
135	忧　愁	271
136	后　记	273
137	硬纸板毛驴	274

138 献给在地下安息的普拉特罗 ……………………276

译后记 ……………………279

献给

住在索尔街的阿格迪亚,

他常送给我桑葚和石竹花,

是一个可怜的小疯子。

致家长们（代前言）

在这本篇幅不长的书中，欢乐和痛苦是孪生的姐妹，正像我的小毛驴普拉特罗的两只耳朵一样。这本书是为……我也不知道是为谁写的。我们这些抒情诗人向来是不关心这一点的。现在要把它献给孩子们，我对它不做任何改动，连一个逗点也不增删。也许这样更好。

诺瓦利斯①说："哪里有孩子，哪里就有黄金时代。"这个黄金时代就像从天上降到地球上的一个小岛一样，诗人在那里漫步，心旷神怡，他最美好的愿望就是永远不离开那里。

孩子们的黄金时代啊，你是惬意之岛，空气清新，充

---

① 诺瓦利斯（1772—1801），德国浪漫主义诗人。

满生气,你永远留在我那苦海一般的生命里,你的微风为我送来了这岛上的悦耳琴声,这琴声就像黎明时云雀的啼鸣。

1914年于马德里

1 我的普拉特罗

我的小毛驴叫普拉特罗。它矮矮的个子，毛茸茸的，它的毛柔软得赛过棉花，也许有人会说它没长骨头呢。它的瞳孔黑黑的，宛如黑色玻璃做的甲壳虫。

我把普拉特罗松开，它跑到草地上，用嘴吻舔地上的红花和野草……我亲切地喊它"普拉特罗"，它就欢蹦乱跳地朝我跑来。我也不知道它为什么这样高兴……

我给它多少它就吃多少。它喜欢橘子、琥珀色的野葡萄和紫色的无花果。

在我面前，它像一个顽皮的孩子，又细嫩又娇惯。可是，它又像石头一样，强壮有力。星期天，当我骑上它在街上玩耍的时候，那些穿得干干净净的孩子们，见了它就饶有兴味地说："它身上的肉像钢一样结实……"的确，它像钢一样坚硬，同时又像银子一样柔软。

2 白蝴蝶

夜幕降临。灰蒙蒙的雾纱笼罩在教堂上空。有时,它染成紫色,有时,又变成墨绿色。一条小路蜿蜒曲折向山顶盘绕。大树投下阴影,花香扑鼻。我有点倦意,但还是满怀信心地哼着小曲往山上走去。

突然,出现了一个黑影,头上戴着帽子,手里拎着铁棍,嘴里叼着一支烟,他的丑陋的面孔不时被烟火映红。他从一间茅屋走出来,直奔我们而来,茅屋周围有一堆煤。普拉特罗有些害怕。那人问我:

"带了违禁的东西没有?"

"请您看吧,先生,是些洁白的蝴蝶……"

他要用铁棍捅我的口袋,我不让,马上打开给他看。他没有发现违禁的商品。于是,精神食粮就顺利地通过了关卡,不必缴纳任何赋税。

3 欢乐的傍晚

傍晚，普拉特罗和我走进一个村庄。我们来到一条破破烂烂的街上。这条街面对一条干涸的河床。街上到处黑乎乎的，看了叫人心里难受。一些衣衫褴褛的孩子正在玩耍，装成乞丐玩"吓人"。一个小家伙把一个破口袋顶在头上，另一个装瞎子，还有一个装瘸子……

过一会儿，他们童年的生活一下子发生了巨大的变化，好像个个有了鞋穿，衣饰漂亮。好像他们的妈妈有饭给他们吃。孩子们玩得多开心呀！满以为自己成了王子！

"我爸爸有只银壳手表。"

"我爸爸有匹高头大马。"

"我爸爸有支猎枪。"

手表叫人黎明即起，猎枪不能解饿，马把人驮向苦难……

然后，他们围成一圈。在黑暗中，我听到小姑娘微弱的

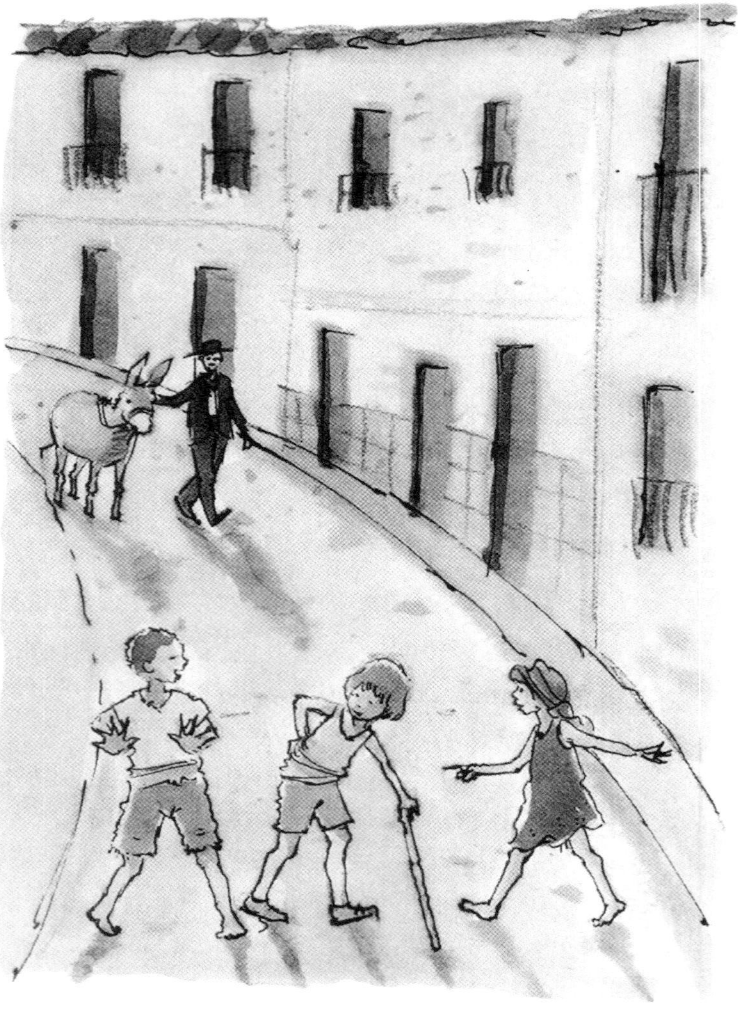

声音，这声音犹如一根水晶玻璃丝在黑暗中飘动。小女孩像一个公主，细声细气地唱道：

> 我是奥雷伯爵的小寡妇。①

啊！可怜的孩子们，唱吧，幻想吧，你们的童年就要过去，少年时期就要到来。寒意料峭的春天会像乞丐一样更使你们胆战心惊！

"走吧！普拉特罗。"

---

① 西班牙民歌。

4 日 食

我们漫不经心地把手插进衣袋,阴影像一把无形的巨扇,带来阵阵凉风轻柔地掠过前额,我们似乎走进了一座浓密的松林。一群母鸡惊恐地跳上栖架。绿色的原野在变暗,如同大祭坛拉上了深紫色的帷幔。看得见的一片白色是远处的海洋;稀疏的星星闪烁着淡淡的微光。平坦的屋顶由明到暗。站在屋顶上的我们,用风趣的逗乐或者污秽的语言吵闹着;在这日食的短暂寂静中,人们显得多么昏黑而渺小!

我们用一切可能的东西来观看太阳:双筒观剧镜,长筒望远镜,深色酒瓶,涂黑的玻璃。有人到凸出的窗口,有人爬上畜栏的梯子,有人探头到谷仓的气窗……

太阳在隐没之前的瞬间锦绣般灿烂的金光,使得她变得两倍、三倍、百倍的宏伟而辉煌。没有漫长黄昏的过渡,使得她显得那样孤单可怜,仿佛由黄金变成了白银,又由白银

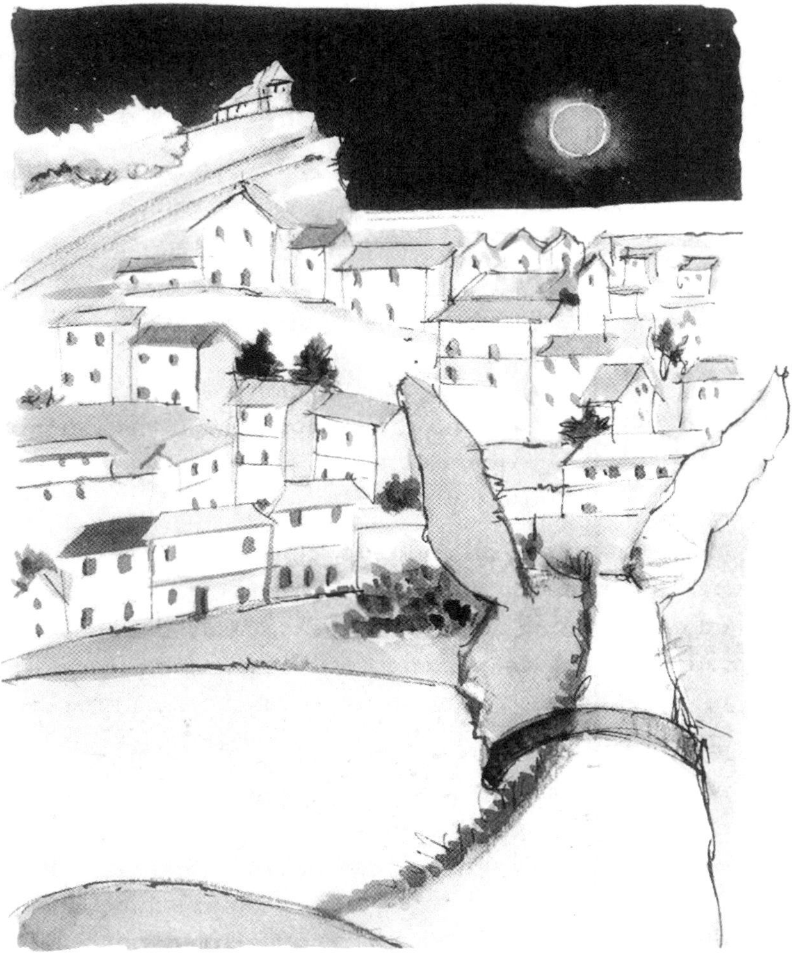

变成了黄铜。村庄好像一枚生了锈的铜印,小得可怜。街道、广场、钟楼以及山上的小路,看来是多么的渺小,多么的凄凉!

厩栏里的普拉特罗也变得不一样了,更小了,它成了另外一头毛驴了……

5 寒 冷

我们走着,天上那轮皎洁的明月好像也跟着我们走。牧场上,在莓果丛中隐隐约约地看得见有几头黑山羊。我们走近的时候,有个人悄悄地躲了起来……一棵大扁桃树挂满了白花,像雪一样白,像月亮一样俊秀。树枝伸过栅栏把路都给遮住了。巨大的树冠就像一朵白云。三月里,星星透过花间照射到地上……还可以闻到沁人肺腑的橘子花的香味……潮湿的空气,静悄悄的夜晚,这儿就是拉斯布鲁哈斯山谷。

普拉特罗,这儿多冷啊!

我的伙伴好像有点儿害怕似的,不知它是被我惊着了,还是它自己本来就害怕,它轻轻地把脚伸进小溪,践踏明月,把月亮踩碎了。这些碎片就像白色的玫瑰花瓣一样把我的伙伴围住了，不让它走……

小毛驴又驮着我向上爬去。它把尾巴收得紧紧的，好像怕谁突然给它一鞭子似的。这时，我感觉到一股暖烘烘的热气迎面袭来。噢，原来我们走近了一个村庄。

6 上 学

普拉特罗,如果你同别的孩子们一起去上小学,你就会学会字母A、B、C,也会学会写字画道道。你会和那只蜡做的小毛驴一样懂得那么多——就是那只头上戴着布花环的小毛驴,它是在玻璃缸的绿水中闪着玫瑰色、肉色的金鱼的朋友。普拉特罗,你还会比巴罗镇上的神父和医生懂得更多。

虽然你还不到四岁,你却长得这么高大,这么笨拙!什么样的小椅子你才能坐,什么样的桌子你才能写字,什么样的练习本和笔你才能用,在什么样的教堂唱诗班你可以站着唱赞美诗呢,你说?

你别去。堂娜·多米蒂拉——和卖鱼的雷耶斯一样,穿着耶稣受难时的紫色袈裟,系着黄色腰带——说不定会罚你在香蕉树的院子角落里跪两个小时,或许会用一根长长的芦苇秆来打你的手心,也可能会把你作为午后甜点吃得精光,甚至会用火点着一张纸放在你的尾巴下面,使你的耳朵变

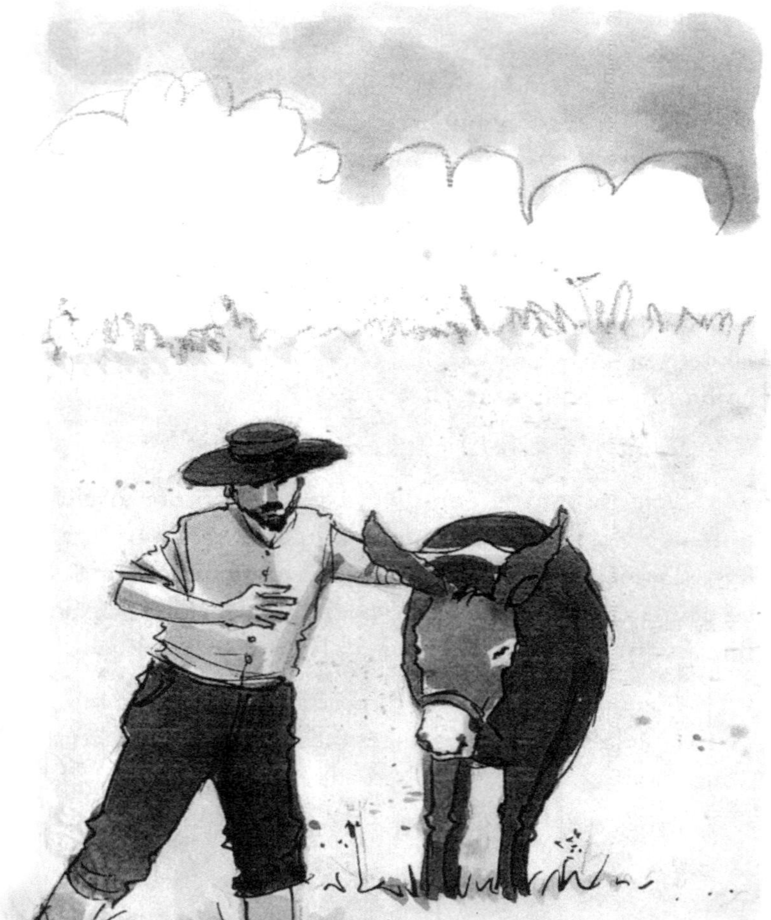

得通红、滚热，就像庄稼汉的儿子面临着一场打骂的风暴一样……

　　普拉特罗，你别去。还是跟我来吧。我来教你认花朵和星星。人家不会笑你是一个小傻瓜，也不会把他们叠的纸毛驴给你戴上；它那两只耳朵比你的还要大一倍，它那红圈、蓝圈画成的大眼睛，就像河里船只上画的眼睛一样。

7 疯 子

我穿着丧服,蓄着长长的胡子,戴着一顶黑帽子,骑在普拉特罗软绵绵的背上,我的样子怎不使人感到奇怪?

我到葡萄园去,在阳光下穿过大街小巷。墙上涂着石灰,显得格外雪白。吉卜赛孩子们一个个满身油腻,毛发蓬乱,破烂的衣着,有绿的,有红的,还有黄的。鼓鼓的大肚子露在外边,晒得黑乎乎的。这些孩子跟在我们后边跑,尖声尖气地喊着:

"疯子啊!疯子啊!快看疯子啊!"

我们面前就是绿油油的田野,面对清澈如洗的万里长空,我出神地凝视着那宽广宁静的田野,感到特别赏心悦目!远方,从场院那边仍然断续地传来阵阵尖叫声:

"疯子啊,疯子啊……"

8 犹 大

别害怕,伙计!怎么啦?乖一点,我们走吧……他们正在枪毙犹大,傻瓜。

是啊,他们正在枪毙犹大。昨晚上我就看见了,一个放在孟都里奥,一个放在中央街,还有一个在市府街。夜里看不见从顶楼到阳台的吊索,我觉得似乎有一种超自然的力量将这些犹大钉在空中,一动也不动。破旧的大礼帽和女人的靴子,部长大人的面孔和衬裙,这种大杂烩般的混合,在寂静的星光下显得多么的怪诞!狗来回地向他们吠叫,马也怀着疑惧,不肯在他们脚下经过……

现在钟在说话了,普拉特罗,它说大祭台上的帷幔已经破了。我不相信村子里有哪支猎枪还没有向犹大射击。火药的气味一直弥漫到我们这里。一声枪响!又一声枪响!

……不过在今天，普拉特罗啊，犹大就是议员，或者女教师，或者法医，或者税吏，或者市长，或者接生婆。在这神圣的星期六的早晨，人们都像孩子似的用怯生生的枪口向他们所仇恨的人开枪射击。这是在春天里的一次无用的假想和荒唐的演习。

9　无花果

这是一个雾浓而寒冷的黎明，对无花果来说，再合适不过了。六点钟，我们就去里卡吃无花果。

古老而巨大的无花果树阴下，灰色的树盘根错节，像是黑夜里露在裙子外面的一条条肥胖的大腿。阔叶——就是亚当和夏娃曾经穿过的叶子——珍惜地托着露珠穿织成的薄纱，嫩绿的叶面上泛起点点白光。透过翡翠般的绿叶，可见晨光熹微把东方的白纱幕渐渐地染深。

……我们疯狂地跑着，看谁最先跑遍每一棵无花果树。罗西约和我气喘吁吁，心跳加剧，但我们在欢声笑语中摘到了第一片叶子。"你摸摸这里。"她拿起我的手按在她的心口，但见她的胸脯上下起伏，就像一股小小的波浪在回旋。又矮又胖的阿黛拉根本跑不动，站在远处干生气。为了不冷落普拉特罗，我摘了些熟透了的无花果，连枝带叶地给它放在一株低矮的老葡萄藤上。

阿黛拉眼睛里含着泪珠，她为自己的笨拙生气，但嘴角上仍挂着微笑，摘无花果打我们。我的额头中了一颗无花果，于是我和罗西约也如法炮制。无花果在尖叫声中纷纷落下，我们的眼睛、鼻子、衣袖和背脊上挨到的无花果，比用嘴吃到的还多得多。一个个横竖投来的果子落到黎明时清凉的葡萄园里。其中一颗无花果恰巧击中了普拉特罗，于是它便成了狂投乱掷的目标。可怜的普拉特罗既不会回嘴也不能还手，我就和它站在一起反击阿黛拉，蓦地，一阵暴雨穿过清凉的空气洒遍大地，仿佛射出的一排排散弹。

末了，在懊丧、疲乏和笑声中，她娇柔地坐到地上，宣布投降。

10 晚 祷

你瞧，普拉特罗！那数不尽的玫瑰花有蓝色的、白色的、无色的，纷纷从天而降。难道天穹破碎了，变成玫瑰花瓣落下来了？你瞧，我身上到处是玫瑰，前额上、双肩上、手上……这么多玫瑰，叫我怎么办好呢？

也许你知道这簇簇锦缎般的花瓣是从哪里来的，我可不知道。它把大自然点缀得别具一格，染成温柔的玫瑰色。这玫瑰的世界，就像弗拉·安吉利科[①]的名画一样美。

说不定这些玫瑰花是从九霄云外的天堂上抛到大地来的。如同下了一场绵绒绒的大雪，玫瑰花盖满了塔顶，铺在房子上，挂满枝头。你瞧，那些硬邦邦的东西，一披上玫瑰花就变得非常柔软可爱。玫瑰花，到处是玫瑰花，这是玫瑰花的世界。

---

① 弗拉·安吉利科（1387—1445），意大利画家，以画天使著名。

普拉特罗,我们的生活似乎没有了奔头,而一想到天使,人们又有了信心,充满了力量。这力量发自内心,它更纯洁,更高尚,更持久。这力量就像幸福的喷泉一样,把一切喷到在玫瑰中闪闪发光的星际……到处都是玫瑰,普拉特罗,就连你那对凝视天穹的眼睛也变成一对玫瑰花。

11 后　事

普拉特罗，你如果比我早死，你不会被装上报丧人的双轮车拖向海边浅滩的，也不会像那些可怜的驴子和没人爱的马和狗一样被抛到山路边的深渊。你也不会像圣胡安车站边上被乌鸦啄得只剩下一副副血淋淋的骨骸——犹如落日余晖中破船的残骸——被乘六点钟火车的商旅们当作稀奇来看，更不会让你僵硬而肿胀地躺在满是腐烂的蛤蚌的壕沟里，吓唬那些在秋天星期日下午到松林里去烤松子吃的孩子们。

你安心地生活吧，普拉特罗，我将把你埋葬在那个叫"松球"的小果园里的那棵大松树根下，我知道你特别喜欢那里。你将宁静而愉快地在那里安息。你身边会有男孩们玩耍，小姑娘们也会坐在那边的小椅子上做针线。你会听见我在孤独中吟咏诗句,会听见姑娘们在橘林里边洗衣边歌唱。水车的声音会给你永恒的宁静增添欢乐和清凉。金丝雀、黄莺,会在枝繁叶茂的常青树冠中经年不息地为你在莫盖尔的苍穹和恬静的睡梦间编织一个无形的音乐屋顶。

12 扎了一根刺

我们来到牧场，普拉特罗走路一瘸一拐。我就俯卧在地上……

——"哎哟，你怎么了，我的伙伴？"

普拉特罗把它的前脚跷起来让我看。它的一只脚跷着，软弱无力，连地也不敢碰，地上的沙子晒得火热。

自然，我比给它看病的老兽医达尔翁更心疼它，我把它的蹄子翻转过来看了看。哎哟！都红肿了。原来是一根长长的橘树刺，像把绿色小宝剑扎到了它的蹄子中间。这如同扎到我身上一样觉得疼痛。我战战兢兢地给它拔出来了，又把普拉特罗带到小河边。这条河的两岸长满了黄百合花，好让河水阿姨用长长的水舌把它的伤口洗得一干二净。

我们俩又向着泛起白沫的大海走去。我在前，它在后，它仍然有点儿瘸，一边走一边不停地用嘴碰我……

13 燕 子

它已经在这儿了,普拉特罗,你看它多么黝黑,多么活泼。它别出心裁地把窝筑在蒙特马约圣母像上,这样,它的这个栖息之所也会受到永远的崇敬。可怜的小燕子好像很害怕,就像上个星期两点钟日食时,群鸡提前钻进鸡舍一样,不过这次小燕子也搞错了。今年的春天卖弄风情地提早起了床,可是它那娇嫩的赤条条的身体又经不起春寒,于是就赶紧躲进了3月阴霾的云絮中。橘园里的那些初次含苞待放的玫瑰啊,都凋残在蓓蕾之中,看了真叫人心痛!

它们已经都回到这儿了,普拉特罗,然而,我们似乎没有听见它们的啾啾声。往年,它们在飞到的第一天就立刻到处探询、问候,用它们波纹般卷曲的颤音喋喋不休地说这说那。它们告诉花儿,在非洲看见了些什么;它们两次越海的旅行和在水面上的经历,怎样张开它们的翅膀当作风帆飞行,怎样站在舟船的绳索上,还有无数的日落,无数的黎

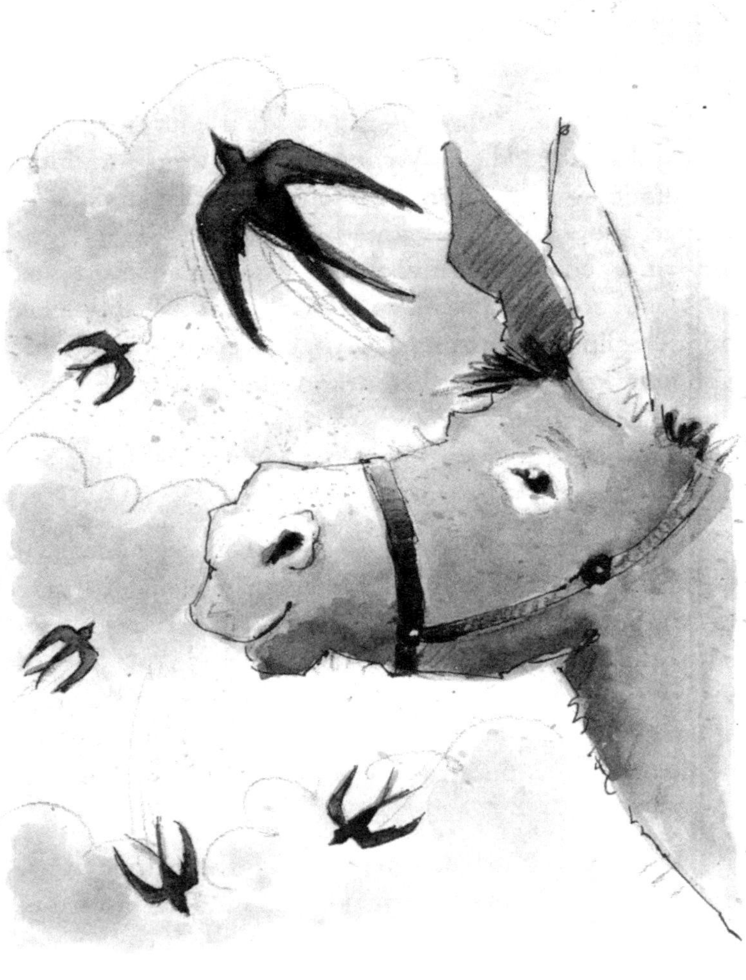

明，无数的星夜……

它们不知所措，沉默而迷惘地飞着，就像被孩子们践踏过的蚂蚁在寻找迷失的道路。它们不敢在新街上笔直地上下翻飞，不敢直接飞进井边的窝巢，不敢在电线上逗留，此时，电线被北风吹得嗡嗡作响，唯独电线杆顶端处的那些白瓷瓶巍然不动。这一切，使我想起孩子们书包上的一幅画……它们会冻死的啊！怎么办呢，普拉特罗？

14 驴 棚

中午,我去看普拉特罗。阳光下,它脊背上银灰色软绵绵的花斑闪闪发亮。它脚下,从棚子顶上的破洞里射进的阳光就像一个个银币散落在灰色的地上。

我的那只叫迪亚娜的小白狗就躺在普拉特罗脚底下。一见到我,它蹦蹦跳跳地跑过来,爬到我的胸前,想用它那玫瑰色的舌头舔我的嘴巴。这时,我的那只老山羊爬到牲口槽上,一会儿把头往这边歪歪,一会儿又往那边歪歪,像个小姑娘,好奇地瞧着我们。而我的普拉特罗,在我还没有进去以前就大叫了一声,向我致意。见我进来,它好像要挣脱缰绳一样,焦急得要命,可是又显得很高兴,因为我毕竟来了。

从天窗上射进五彩缤纷的阳光,我干脆就从那儿钻了出去，爬到了棚子顶上。哟，这儿好玩极了！我又爬到一块大石头上，放眼望去，广袤无际。绿色的田野像大海一样；盛开的鲜花，火红火红。耳边不时响起教堂的低沉而悠扬的钟声，这钟声越过高墙，划破长空，传向远方。

15　阉马驹

乌黑的小马驹身上闪烁着紫的、绿的和蓝的色彩，但它的毛又跟银子一样亮晶晶的，仿佛由无数的金龟子和羽毛组成的乌鸦。小马驹稚气的眼睛里有时闪着一点暗红色，就像马尔盖斯广场上卖炒栗子的拉莫娜的锅的颜色。当它勇士般地从弗里塞塔的沙地走上新砌的路面时，它那急促的蹄声就像是一连串的铃声！它多么敏捷，多么机警，多么神气呀！它的头多么小巧，它的四条腿多么修长！

马驹雄赳赳地穿过酒坊的矮门，在烈日的照耀下，卡斯蒂约的酒库显得比它还要黑。小马驹悠闲地逛着，碰上每一样东西就要去惹弄一番，最后跳过松树干门槛，当它兴高采烈地进入绿茵似的后院时，引来一阵母鸡、鸽子和麻雀的哄闹。然而早已有四条汉子在那里等候它，他们毛茸茸的手臂交叉在胸前。小马驹被带到一棵胡椒树下；经过一阵短暂而激烈的搏斗，他们将它制服了，只见四条汉子如凶神恶煞般地把它按倒在粪堆下,然后拼命地压着它的身子……达尔朋的阉割手术圆满结束了,可小马驹优美而迷人的丰姿也随之消失了。

> 你未显现的美,随你一同埋葬。
> 已经显现的美,则带给你以死亡。

莎士比亚对他的朋友就是这样说的。

……小马驹被阉割了。你看它浑身虚软,汗水淋漓,无精打采而又极度悲哀。一个家伙把它拉了起来,给它披上一床毛毯,牵着它慢慢地从街上走去。

可怜而空虚的浮云啊!昨天你们还是那样不可一世,而又雷电轰鸣!小马驹无精打采地走着,像是一本散了页的书。脚步好像不是踩在地上,在它的蹄子和石路之间似乎增加了一种不可思议的东西,使它失去了理智,它像一株连根拔起的树……

16 对面的房子

普拉特罗,你知道吗?小时候,我们家对面的那座房子总是让我着迷。起先是里维拉街那卖水的阿雷布拉的小茅舍,它的院子朝南,里面永远充满着金色的阳光。我常常爬上墙垣,从那儿眺望韦尔瓦。有时候,我得到允许,可以进去玩一下,阿雷布拉的女儿就给我几只柚子,还亲亲我的脸蛋儿。那时候,我以为她是一个成年的妇女,其实她现在才出嫁,不过模样还跟当年一样美……接着是在新街——后来叫作卡诺瓦斯街,最后又改成为胡安·佩雷斯修士街——对面何塞先生的房子。他是塞维利亚的糖商。他们那些金色的羊皮靴子看得我眼花缭乱,院子里的龙舌兰中间还放着好些鸡蛋壳。房间门上画着金丝鸟和许多海蓝色的条纹。有时候,何塞先生也来我们家,我父亲时常给他钱,而他总是喋喋不休地讲他的橄榄园……从我们的阳台上,我可以看见何塞先生家瓦屋顶上有一棵胡椒树,树枝上时有麻雀飞来飞

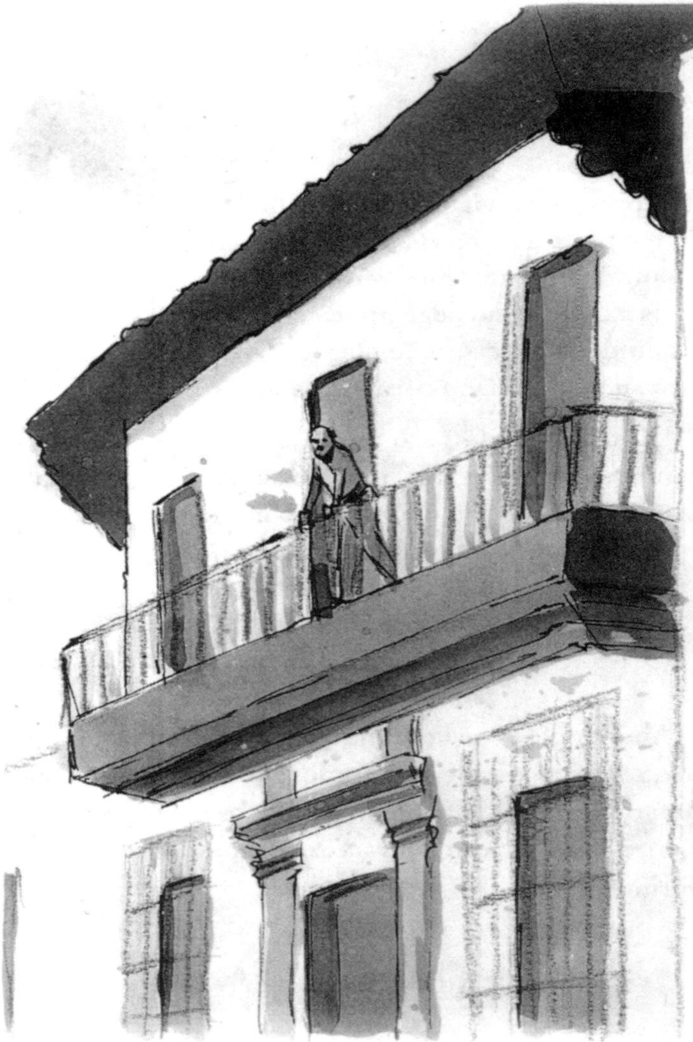

去。可爱的胡椒树啊，我多少次在梦中看见你们，我记得有两棵胡椒树，我从来也没有将它们混淆过：一棵从我的阳台上，可以看见它在阳光的照耀下随风晃动的树冠；另一棵可以看见它的树干，是在何塞先生家的院子里……

无论是晴朗的下午还是午休时的雨中，当我从自己家的铁栅门、窗口、阳台上凝视着对面的那座房子时，总是觉得它们变化无穷，充满着情趣，分外迷人！

17 傻孩子

每当我们从圣何塞大街回来的时候,总是见到一个傻孩子坐在他家门口的凳子上,他一动不动地瞧着人们走过去。像他这样的孩子还有好几个。谁也没有赠送过什么礼物给他。这个孩子很快活,不过他那副面孔叫人看了心里难受罢了。不管怎么说,他是妈妈的宝贝儿,也许别人不把他放在眼里。

一天,街上骤然刮起一场恶风,我发现那傻孩子不坐在门口了,而是一只小鸟落在那凄凉的门槛上,叽叽喳喳地叫着。我不由得想起了慈父般的诗人库洛斯①。当他失去孩子的时候,他向一只加利西亚蝴蝶打听他:

"金色翅膀的蝴蝶呀……"

---

① 恩里克斯·马努埃尔·库洛斯(1851—1908),加利西亚省人,西班牙抒情诗人。

春天到了，我更加想念那个傻孩子。这孩子从圣何塞大街上消失了，上天去了。如果他活着的话，这会儿他准又坐在那个小凳子上，待在玫瑰花旁，瞪着一双大眼睛，凝视那些得意扬扬的人们从门口走过。

18 幽 灵

"黄油球"安尼亚是一个充满清新的活力而又热情快乐的小姑娘,她最大的乐趣就是装神弄鬼。她用一床被单把自己裹起来,还往自己的脸上涂抹白灰,再将蒜瓣挂在牙齿上。当我们在小客厅里半睡半醒地刚要入梦的时候,突然,她出现在大理石的楼梯上,手里擎着一盏发着红光的油灯,不声不响,脸色阴沉,一步一步地走过来。她的长袍紧紧地贴着全身,看上去就像没穿衣服一样。她从楼上的阴暗中带来了坟墓般可怕的幻觉,同时,她那雪白的身体不由得让人产生一种莫名的情欲诱惑……

普拉特罗,我永远不能忘记九月的那个夜晚。暴风雨像一颗患病的心脏,在村子的上空肆虐,整整折腾了一个小时。雷鸣电闪,雨水夹杂着冰雹倾泻而下。水缸溢满了,院子淹没了。最后的伴侣——九点钟的班车,晚祷的钟声,送信的邮差——都已离去……我颤抖着去饭厅喝水,在一阵阵雷鸣闪电中，贝拉尔德的桉树——我们把它叫作杜鹃树——折断了，横卧在柱廊和屋顶上……

突然，一道闪光划破夜空，刺得我们双眼昏眩，继而一阵令人毛骨悚然的闷雷震得树木、房屋摇摇晃晃。当我们清醒过来的时候，发现自己已不在原处，个个躲藏了起来，孤孤单单，谁也顾不上谁，接着就相互诉起苦来。有人说，哎呀，我的头啊；有人说，我的眼睛啊，我的心啊……数分钟后，我们慢慢地回到了原来的地方。

暴风雨过去了……明月从大块大块的乌云间射向院子里满溢着的雨水中，白光闪闪。我们到处去察看，小狗洛德在牲口栏的台阶上狂吠着，来回地奔窜；我们则跟在它的后面追去。普拉特罗啊，从湿透而黑暗的花丛下，散发出一股令人作呕的香气。可怜的安尼亚穿着幽灵似的长袍被雷电击死在花下，而她那只被雷电烧焦的小手里，仍然握着那盏亮着的油灯……

19 火红的景色

夕阳挂在山头，晚霞把一切都染红了。太阳好像被玻璃刺破，满身流着鲜红的血。在夕阳的照耀下，绿色的松林也变得羞答答，脸上泛着微红，甚至野草和野花也发红透亮。宁静的傍晚到处充满着沁人肺腑的芳香。

我被这美丽的景色迷住了，普拉特罗的黑眼珠也被落日的余晖映红了。它驯服地走着，朝着一个紫红的水湾走去。那水湾平静如镜，它把嘴巴伸进镜子，可是待它的嘴一碰镜子，顿时激起了波纹。那些血红的凉水通过它的喉咙流进了它的肚肠。这个地方我是熟悉的，但此时此刻，它是那样庄严美丽，倒使我觉得有点陌生了。听着它那咕咚咕咚的喝水声，我也真想喝它几口。景色瞬息万变，好像我们每一分钟都能发现一个被埋没的宫殿……今天的傍晚显得格外长，好像时间也凝固了，宇宙变得无限平静而深不可测……"走啊！普拉特罗！"我催促它。

20 鹦 鹉

我们正在园子里同普拉特罗和鹦鹉游玩。这个园子是我的一个法国朋友的,他是医生。忽然,山坡上下来一位年轻妇女,好像有什么急事,气喘吁吁地跑到我跟前,打量了我一番,用恳求的语气问我:"先生,医生在这儿吗?"

妇女的身后跟来一群穿得破烂不堪的孩子,他们也呼哧呼哧地喘着气,并且不时地回过头去朝山上望。一会儿,我看清了,原来三四个农民抬着一个人朝这边走来。那个人瘫软,浑身发紫。他是一个猎手,在多尼亚那禁区偷偷打鹿时,被自己的猎枪炸伤了胳膊。他的那支猎枪也实在太破了,有的地方还用草绳子捆绑着。

我的法国朋友马上走到受伤的猎人跟前,小心地把他伤口上包的破布揭下来,把血迹洗干净。然后,他摸了摸骨头和周围的肌肉,抬起头来对我说:

"没关系。"

傍晚，可以闻到一股潮湿的海水味、松脂味、鱼腥味……橘子树在夕阳的照耀下闪闪发亮，它的茂密的叶子就像绿色的天鹅绒一样。一只红冠绿头鹦鹉站在一棵又绿又紫的丁香树上，在树枝间跳来蹦去，瞪着一双小眼睛好奇地打量我们。

这时，那个可怜的猎人还在不停地哭泣。他眼睛里滚出大滴大滴晶莹的泪珠儿，不时地哎哟哎哟地呻吟着，大概是痛吧。听到他叫，鹦鹉就对他说：

"没关系，没关系。"

我的朋友为猎手敷上药棉和绷带……

可怜的猎手：

"哎哟！"

在紫丁香间跳来跳去的鹦鹉：

"没关系。"

21 平屋顶

普拉特罗,你啊,永远上不了平屋顶,当然也不会知道那上面的情景。当你从漆黑的小木楼梯爬上来,你会感到赤日炎炎似火烧。同时,你会觉得好像离天空更近了。沐浴在蔚蓝色的天空之中,扩展心胸,深深地吸一口气,你会感到心旷神怡。周围屋顶上石灰的白光耀得人睁不开眼睛。你知道,为什么要把石灰抹在屋顶上吗?是为了让云层里落下的雨水能干干净净地流进水缸。

平屋顶是多么迷人啊!塔上的钟在响,我的心随着钟声在胸中激烈地跳荡。从这里可以看到远处葡萄园里干活的农夫们的铁锹闪闪发光,时而迸出银色的火花。从这里可以纵观一切:平屋顶,牲口栏,孜孜不倦做工的木匠、油漆匠、桶匠,簇簇树丛,群群牛羊;墓地里,有时会出现一簇簇黑色而矮小的人群。那是人们在举行葬仪;近处的窗口里,有一个姑娘,内衣随随便便地穿着,一边梳头一边歌唱;河面

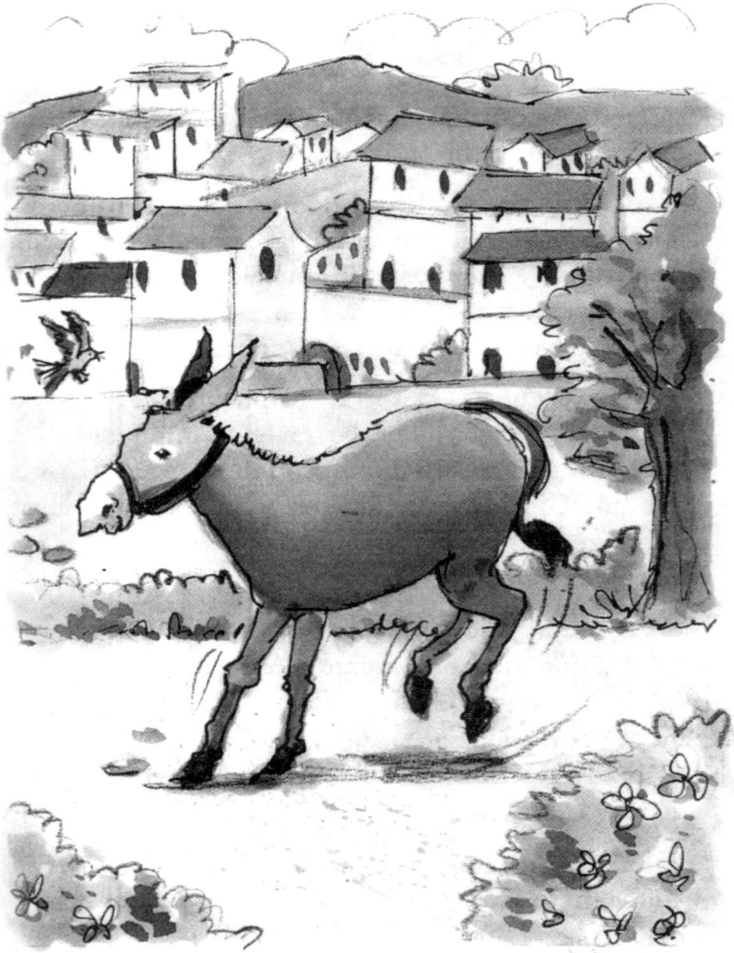

上有一只船正在靠岸；谷仓那边，有一个号手正在吹奏圆号；还有一些人正在起劲地演奏着一首奔放的爱情乐曲……

　　一栋栋房舍隐没在绿树中。透过玻璃天窗可以看到底下的人们有的在忙碌，有的在闲聊，还有一个美丽的花园，散发着沁人肺腑的花香。而你，普拉特罗，这会儿正在大缸里喝水，看不见我，说不定你还会像傻瓜似的跟麻雀或者乌龟闹着玩呢。

22 归　来

我们俩从山里回来，满载而归。普拉特罗驮着草；我采了许多黄色的百合花。

这是四月里的一天。傍晚，西方先是一片金黄色，接着变成了银白色，此时天空好像一幅由许多水晶般的荷花构成的图画。一会儿，天又变成了翡翠般的颜色。我心情有些悲伤。

走到教堂附近，我们看到钟楼顶上碧瓦闪亮，在这宁静的时刻，教堂巍然屹立，肃穆、庄严。待到走近时，它像远看的希拉尔达大教堂①一样。在这春天的傍晚见到它，使我更加怀念起故乡。可是，能见到它总算得到一点慰藉。

回去吗？回哪儿去呢？又为什么要回去呢？

---

① 有名的塞维利亚大教堂，阿拉伯人占领西班牙时，于1184—1196年所建，现在的顶冠是1568年加上去的，具有文艺复兴时期的建筑艺术风格。

天渐渐地黑下来了,晚风吹来更加凉爽。这时,我手里的这些百合花散发着芳香,看不清花儿,却能嗅到它那令人心醉的气味。

"百合花在夜里真香啊!"我不禁脱口而出。

想起了我的普拉特罗。它就在我的身下,不声不响,我把它忘记了。

23 铁栅门关着

每次我们到狄兹莫酒店去时,我总要沿着圣安东尼奥街的墙转过去,走到关闭着的铁栅门那儿看一看外面的田野。我把脸贴着铁栅,睁大双眼,左右巡视,如饥似渴地将目之所及的一切尽收眼底。从门槛那儿伸出去一条小路,在野麻和锦葵之间蜿蜒曲折,消失在安戈斯蒂亚那边。同时,靠着墙垣,有一条宽阔而坑洼的路,我从未涉足过……

从铁栅构成的画框中看出去,天空下的景色简直是一曲迷人的乐章!似乎有一面墙和一线天挡住了其他的部分,单单留下这美丽的景色……从这里可以看得见宽阔的公路和一座座拱桥,还有烟一般迷蒙矗立的白杨、砖窑、巴洛斯的小山岗和韦尔瓦的汽船。黄昏时分,可以看得到里奥丁托码头上的灯光,落日余晖形成的紫霞,看得见阿罗约那边孤零零地矗立着的一棵大桉树……

酒店跑堂儿的笑着告诉我,铁栅门没有锁……我在梦

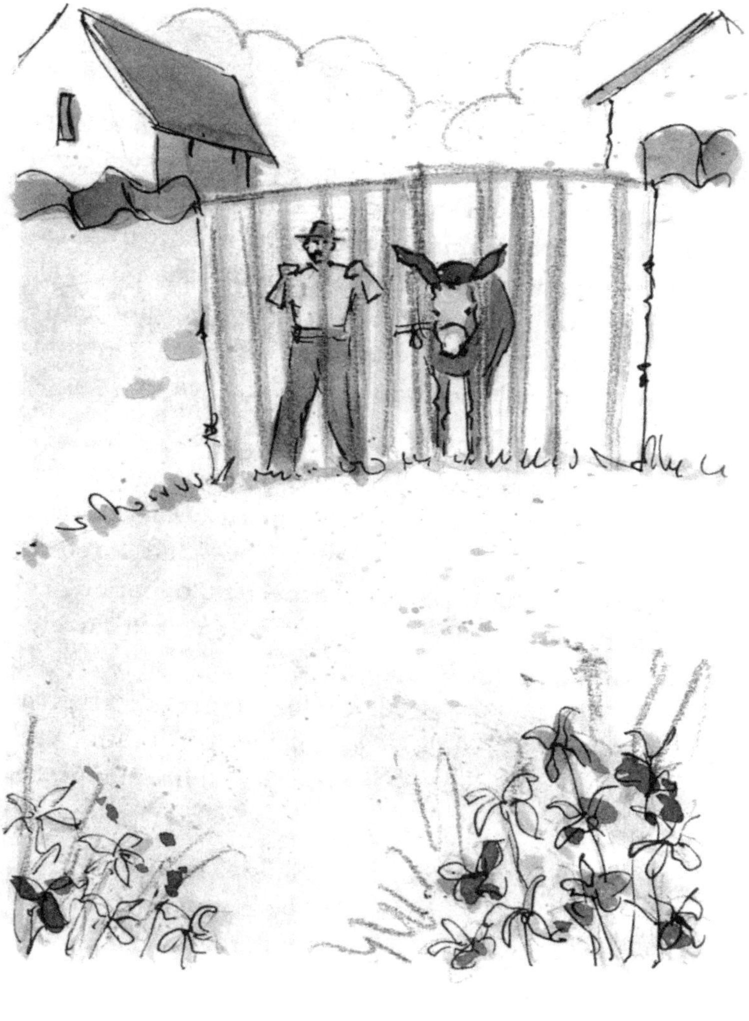

中心驰神往，以为铁栅门是开向奇妙的花园和令人向往的原野……有一次，为了验证自己的梦境，竟从大理石楼梯上飞下来。我还不止一次地早晨起床后就来到铁栅门前，确信自己能在门外找到那些颠倒和混淆了的幻想与现实……

24　堂·何塞神父

普拉特罗啊,你瞧堂·何塞神父走起路来道貌岸然,说起话来像掺着蜂蜜,可是真正天使般纯洁的,却是他的那头贵妇似的母驴。

我记得,有一天神父在他的花果园里,你见过他。他穿着水手短裤,戴着宽边帽子,一边诅咒着,一边用石头砸偷橘子的孩子们。每逢星期五,你常常看见他的管家,可怜的巴尔塔萨,拖着他的破车,到村子里来兜售破笤帚。要是赶上穷人们为有钱的死者祈祷,他也默默地加入其中……

我从未听见过有谁像他那样骂人用那么肮脏的话,也从未听见过这种比天还高的誓言。毫无疑问,天地万物来自何处,什么样子,他真是都知道,至少在星期五下午五点做弥撒时他是这样说的……树木啊,泥工啊,流水啊,微风啊,蜡烛啊,一切都是这样的纯洁、优美,新鲜活泼……可是,每天他花果园里的石块几乎都要换个地方过夜,因为他总是

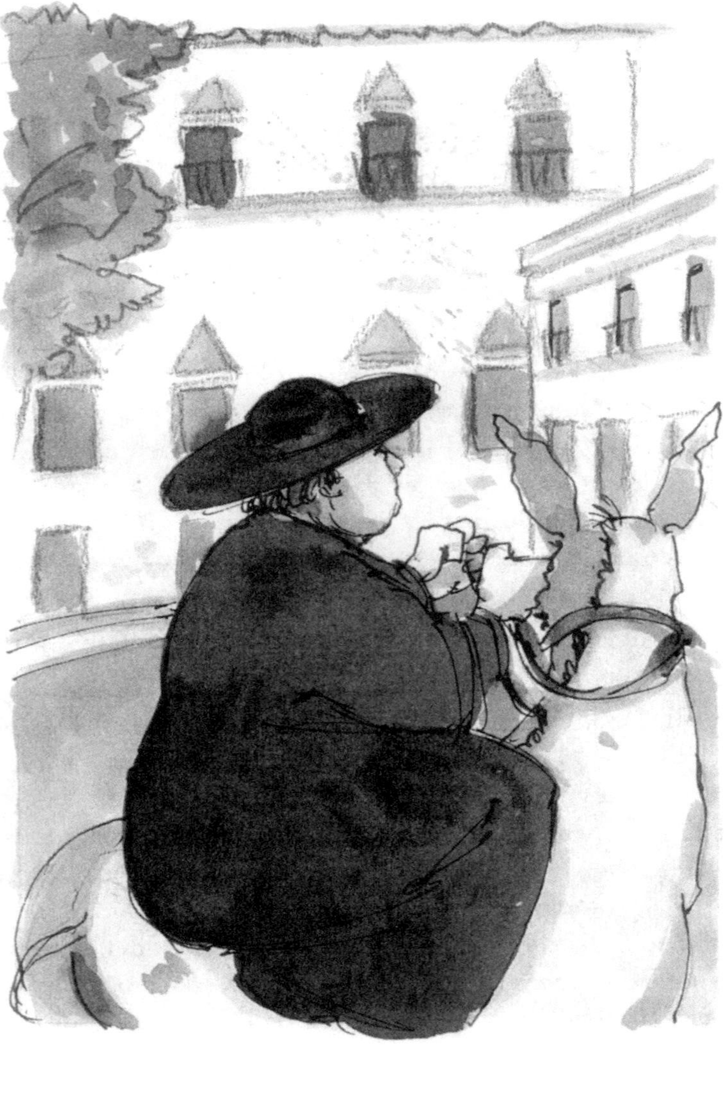

怀着敌意和恼怒,把它们当武器去砸小鸟、洗衣的妇女、淘气的孩子和美丽的花朵。

祈祷的时候,一切又都变了样:何塞先生的肃穆犹如寂静的田野。他穿起黑长袍,披上斗篷,戴上圆帽,骑着没精打采的母驴,目光痴呆地走进黑洞洞的村镇,活像走向十字架的耶稣……

25 春 天

哎哟哟,什么东西这么明亮,这么芳香!
哎哟哟,草原处处在欢唱。
哎哟哟,这是多么美好的时光!

——民谣

清晨,当我还在熟睡的时候,被孩子们尖厉的歌声吵醒。我懒洋洋地从床上爬了起来,倚窗眺望。这时,我才发现,原来在田野里歌唱的不是孩子,而是小鸟。

我走到园子里,向蓝色的天神问好。小鸟们正在举行音乐会:小燕子在井边,黑八哥站在一个掉在地上的橘子上,黄鹂栖在橡树枝头,一只绿羽毛的小鸟趴在桉树上,大家尽情地啼叫、欢唱。那棵大松树上,一群麻雀叽叽喳喳地争吵着。

春天的早晨多么美丽呀!朝阳把金光洒满大地。五颜六

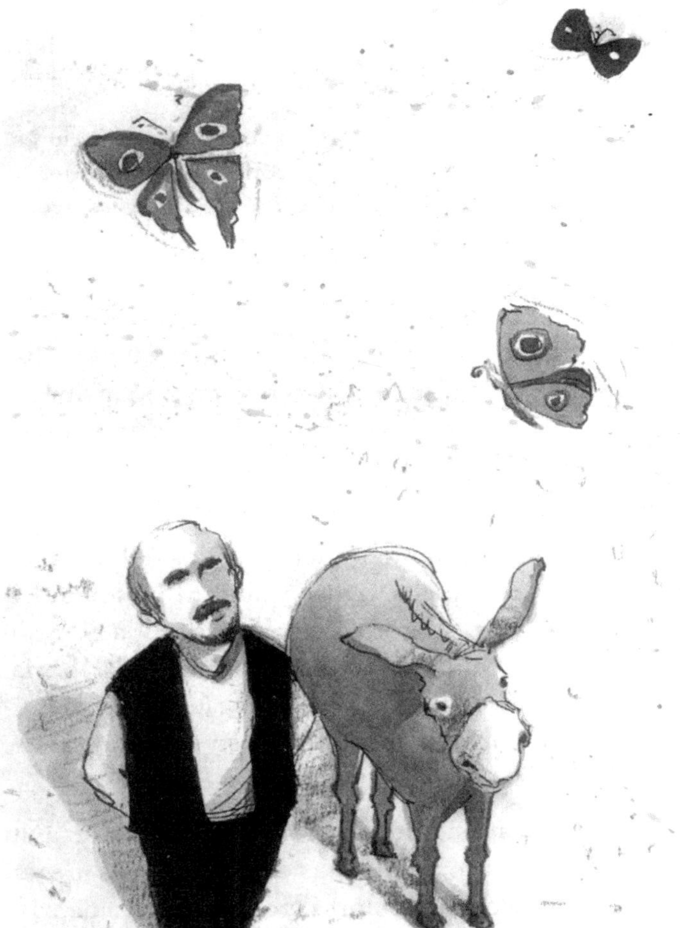

色的蝴蝶上下翻飞，一会儿飞到花丛中，一会儿飞到房子旁，一会儿飞向泉水边……大地在活动，处处充满生命的声息，洋溢着沸腾的活力。

我们好像生活在一个充满光明的世界里，这世界是一朵巨大的火红玫瑰花。

26 水 窖

普拉特罗,你看,最近这几场雨把水窖灌满了。现在既听不见回声,也看不见水窖底。可是水浅的时候,太阳照在水窖的顶窗上,黄色的、蓝色的玻璃闪烁着五彩缤纷的颜色,映照在水中,宛如一块块宝石。

普拉特罗,你从来没有下过水窖,可我下去过。那是好几年以前,人们将水弄干了的时候我下去过。你知道那里面还有一条长长的坑道呢。当我进到里面的时候,我拿的蜡烛忽然灭了,一条小娃娃鱼竟爬到了我的手上,顿觉寒气袭人……村子下面有许多水窖和坑道,最大的水窖在古城广场附近,萨尔多·德·洛波家院子里。可是最好的,要数我家的这个了。你看,井栏是用一整块雪花大理石砌的。教堂的坑道一直通到彭塔莱斯的葡萄园,出口通向河边的田野。医院里的那条坑道很长很长,从没有人敢下去……

记得当我还是孩童的时候,在漫长的雨夜里,听见雨水从屋檐上落到院子里,再流进水窖,我觉得就像有人在不断地呜咽,使我伤心得难以入睡。第二天早晨,我便飞跑着到水窖去看水涨到了哪里,若是像今天一样满到了井口,我们就会惊讶得喊起来:真是了不得!

好了,普拉特罗,现在我去水窖打一桶清凉的水来让你喝个痛快,不过我用的是比列加斯可以一口气灌下去的那只桶,可怜的比列加斯,他总是被白兰地烧得浑身滚烫……

27　癞皮狗

　　有一条癞皮狗，瘦骨嶙峋，它常常气喘吁吁地跑到我家园子里的小屋来。这只小狗很可怜，人们一吓唬它，向它扔石头，它就夹着尾巴溜走。别的狗见了它，也龇牙咧嘴地要咬它。一天中午，烈日当空，我见它慢腾腾地很悲伤地朝山下走去。

　　那天下午，它跟在小白狗迪亚娜后边走。我正准备出去，这时那个看门的人不知为什么，一怒之下，举起猎枪就朝小癞皮狗射出一颗子弹。说时迟，那时快，我要阻拦也来不及。这条可怜的小狗，中弹以后在地上打了几个滚，尖叫了几声，就倒在一棵槐树底下，死去了。

　　见到这情景，普拉特罗吓傻了，呆呆地瞧着那条死去的狗。小白狗迪亚娜也吓得不知所措，一会儿往这儿躲躲，一会儿往那儿藏藏。见这情景，那个看门人大概也后悔了，他长吁短叹，喘着粗气，悔恨自己鲁莽从事。

这时候,天空飘过一片白云,把太阳遮住了,好像太阳要给小狗戴孝一样。可是,小狗仍然紧闭它那本来完好的眼睛。它被无辜地杀害了。

海风阵阵地吹着,人们正在午休。一切都很安静,只有那些高大的桉树在摇头晃脑地替死去的小狗吊丧,伤心地悲泣……

28 水 潭

等一等,普拉特罗……假如你愿意,就在这嫩绿的草地上吃一会儿草吧。让我看看这个美丽的水潭,我有好多年没有来过了……

你看,太阳的光芒把潭水深处墨绿的颜色点缀得光彩照人,洁净的百合花在潭边凝视着,浮想联翩……天鹅绒似的台阶,错综迷离地层层下降;一个个奇幻的洞穴,足以启发画家的灵感,使他产生一种奇幻般神秘的构思;那几座美丽的庭园,仿佛是一位长着绿色大眼睛的王后,她长年累月不出王宫,忧郁得变疯了;一座座破旧的古老的宫殿,在残阳的照耀下更显得形影孤单……啊,还有很多很多,仿佛都不曾存在过,被忘得一干二净了,只有当她偶尔掀开长袍时,你才能感到她的那些美丽……实际上这一切都是很渺小的,可是给你的感觉却非常宏大。老练的魔术师的法宝,就在于他能把握和控制观众的各种感觉……

这水潭，普拉特罗，你知道，曾经是我的心灵。长久地感到孤独而寂寞，偶尔感到世界是美好的，但又无比复杂，我无能为力……当人们的爱情遭到创伤时，就应该打开他心灵的堤坝，让腐败的污水流走，直至洁净而舒畅。啊，普拉特罗，舒畅得就像雅诺斯的溪水，在四月金色的温暖中潺潺地流淌。

然而，有时候，她那只遥远而雪白的纤手，又常常把我带回这寂寞的绿水潭，来回答她萦绕在耳际的呼唤，就像我给你读过的歇尼尔[①]的牧歌中，伊拉斯"装模作样"地向阿尔西德所说的那样："为了使你的痛苦变得甜美……"

[①] 安德烈·马里·歇尼尔（1762—1794），法国大革命时的进步诗人，被处死。

29　四月的田野

孩子们把普拉特罗带到了小河边,河岸栽满了白杨树,此刻又带着它跑了回来。他们一边跑,一边说笑。普拉特罗身上驮着金色的花。他们来到山下时,下起了雨。一片乌云,长着两只银色的脚疾驰而过,遮住了葱绿的田野。雨水把他们淋得浑身湿透了。水珠从普拉特罗的湿漉漉的皮毛上,从它驮的黄花上滚下来。

田野里空气格外清新,令人陶醉。普拉特罗控制不住内心的喜悦,放声叫起来。它的声音格外清脆悦耳。它走着不时地回过头去咬一口黄花吃。它身上那些又白又黄的水珠一闪一闪地往肚子底下滑动,继而又一滴一滴地落到地上。

普拉特罗呀!你多有本事呀!一边走一边吃黄花充

饥呢!

今天是四月里少有的好天气。普拉特罗那双炯炯有神的大眼睛把雨中的太阳及一切美景都收进它的瞳孔里。

傍晚,在圣胡安那边,从一片玫瑰色的彩云上也落下雨来了……

30　金丝雀飞了

一天,我的那只碧绿色的金丝雀不知怎么飞出了鸟笼。它是一只老鸟了。那只与它朝夕相处的母鸟已经死去,只剩下它自己,孤苦伶仃。可是,我没有把它放走,怕它饿死,怕它冻死,怕它被猫吃掉。

它在园子里的石榴树上跳来跳去,一会儿飞到门口那棵松树上,一会儿飞到紫丁香中间,又蹦又跳,玩了整整一个上午。许多孩子坐在走廊里饶有兴味地看着它飞来飞去。普拉特罗自由自在地在玫瑰花旁边和一只蝴蝶嬉逗。

傍晚,我的那只金丝雀飞回来了。它飞到屋檐底下,在那里待了好大一会儿,看着西下的太阳,叽叽喳喳地叫个不停。突然间,谁也没有看清它是怎么样飞进笼子里。你瞧,它有多高兴呀!

孩子们在花园里也非常开心。他们拍着手,又是跳,又是蹦,一个个高兴得连嘴巴都合不上。他们的脸蛋儿像朝霞一样红彤彤。

你们还记得那只叫迪亚娜的小白狗吗？它这时候也高兴极了，跟在孩子们后面汪汪汪地叫着。

普拉特罗被这欢乐的气氛感染了。你瞧，它乐得那个样子，蹦呀跳呀。当它跳的时候，总得先把身子一收，而这时它脊背两侧的肌肉就像起伏的波浪。它跑起来像小山羊，两只前蹄先腾空而起，两只后蹄再紧紧跟上。你瞧，它一会儿朝天尥蹶子，一会儿就地转圈子，好像跳华尔兹舞一样，可是不管怎么说，它还是有点儿笨手笨脚。

31 魔 鬼

忽然，远处传来一阵单调、激烈而短促的蹄声，只见特拉斯摩罗街的拐角处尘埃弥漫，接着从里面冒出一头不堪入目的脏驴。过了一会儿，跟着出现了一群气喘吁吁的顽童，提着裤子，露着黑肚皮，不停地向脏驴扔棍棒、石块。

这是一只大块头黑驴，看上去又老又瘦，瘦得皮包骨头。跑了一会儿，它停了下来，抬头猛叫，露出一排蚕豆似的大黄牙。别看它那么瘦，粗犷的嘶叫声震耳欲聋……它是不是一头走失的驴？你不认识吗，普拉特罗？它是怎么了？这样乱叫乱窜，是从哪儿逃出来的？

普拉特罗一看见它，两只耳朵一下子竖了起来，然后像害怕似的跑到我这边来，想躲进路边的壕沟，溜之大吉。就在这时候，大黑驴走到它的旁边，蹭了它一下，碰歪了驮鞍，再朝它嗅嗅，转头朝着修道院的围墙大吼一声，继续沿特拉斯摩罗大街跑掉了……

这一次，就像是在炎热之中打了一个奇怪的寒战——是普拉特罗还是我——许多事都搞颠倒了；忽然，一片黑糊糊的浓云遮住了太阳，巷子里的空气顿时凝固得透不过气来，使人感到孤独而可怕……良久，才渐渐地回到了现实中来。听见了前面鱼市上杂乱的叫卖声，刚到市场的卖鱼人不断地夸他们的比目鱼、鳊鱼、黄花鱼、带鱼、大嘴鱼怎么好；教堂的钟声告诉人们，是举行早祷的时候了；还有磨刀人的哨子声不绝于耳……

普拉特罗还在发抖，可怜巴巴地不时地望着我，眼睛里带着恐惧，不知为什么只有我们俩如同哑巴似的站在那里一动也不动……

普拉特罗，我想它恐怕不是一头驴……

普拉特罗不声不响地又颤抖起来，抖得浑身簌簌地作响，忧郁而胆怯地注视着下面的壕沟……

32 自 由

当我正在路旁看花看得出神的时候,一只火红的小鸟吸引了我。小鸟在绿色的草地上扑啦扑啦地挣扎着,它不能展翅飞翔。我慢慢地走近它,普拉特罗跟在我后面。原来那儿有一个泉眼,此刻显得阴森。一些丧尽良心的男孩子在那里下了一张网,小鸟被网罩在里面了。它本能地发出凄惨的鸣叫,向正在天空中飞翔的兄弟姐妹们呼救……

清晨,天气明朗,空气清新,蓝天莹莹。从附近的松林里传来阵阵松涛,这动人的歌唱随着那起伏的树浪和柔软的海风,传到很远很远的地方。然而,松涛的歌声并未飞走,好像就留在耳际。天真无邪的松涛啊,谁叫你们离那些狠心的男孩子那样近呢!

我骑上普拉特罗,用双腿夹着它的肚子跑了起来。我们俩朝松林跑去,不一会儿,就来到茂密而凉爽的松林边。我故意拍着手,一边唱,一边喊。普拉特罗受了我的感染,也

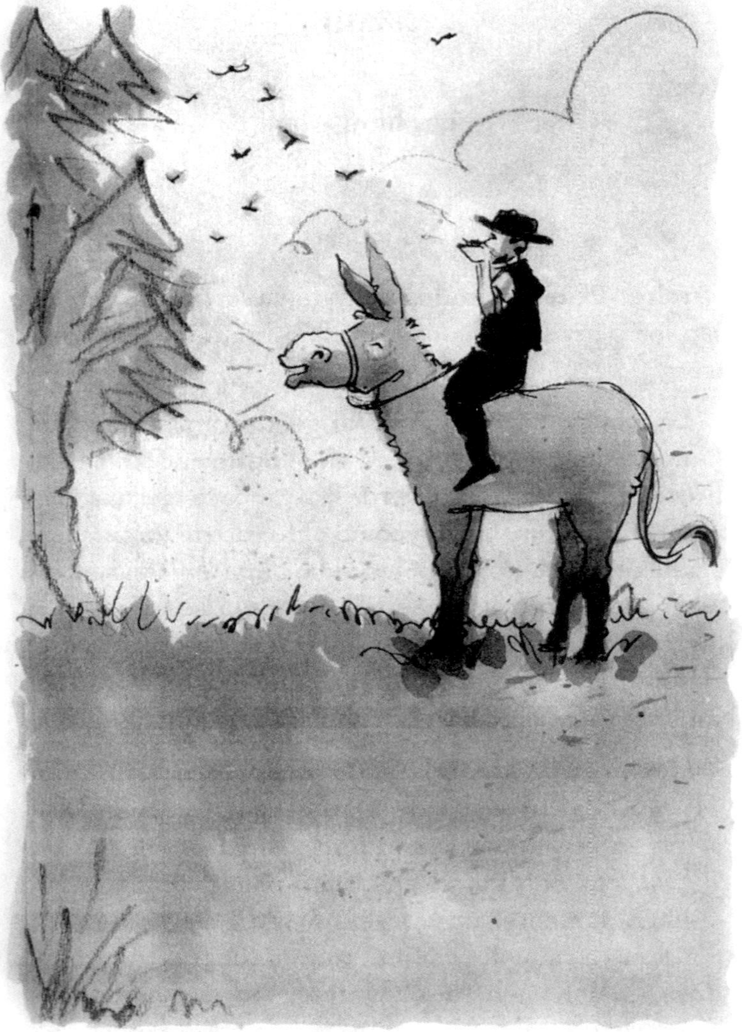

扯着嗓子吼了起来。回音在山谷中嗡嗡地响着，就好像从一口很深很深的井底下传回来的一样。小鸟们听到叫声，立刻叽叽喳喳地啼叫着飞走了，飞到远处的树林里去了。

这下子可把那些捕鸟的男孩子们气坏了，他们破口大骂我们。我的普拉特罗用它毛茸茸的大脑袋拱拱我的肚子，又拱拱我的胸脯，对我的仁慈行动表示感谢和赞赏。

33　匈牙利人

普拉特罗,你看他们一个个都躺在地上,就像在太阳下躺在人行道上的那些拖着尾巴的癞皮狗。

那个年轻的妇女像是一尊塑像,从她的各种颜色拼凑起来的破衣烂衫下,显露出古铜色丰满的肉体,她的双手比锅底还黑,时而拨弄一下干草;一个披头散发的女孩子,用木炭在墙上画着一些淫秽的图形;一个男孩躺在那儿,一边哭着,一边撒尿,尿像喷泉似的全洒在自己的肚子上;那个男子汉和他的猴子时而搔痒,时而抓挠自己蓬乱的头发,时而用一只手在肋骨上来回地搔着,仿佛在弹奏吉他。

你瞧,那个男子汉站起来了。他走到街心,懒洋洋地敲起手鼓,一边不停地向阳台张望。年轻的妇女走到男孩的身边,踢了他一脚,声嘶力竭地骂了几句什么,接着和着男人的鼓声一边扭着,一边唱了起来。戴着锁链的小猴子熟练地翻了几个跟头,接着跳到路边的土沟里贪婪地寻找可以充饥

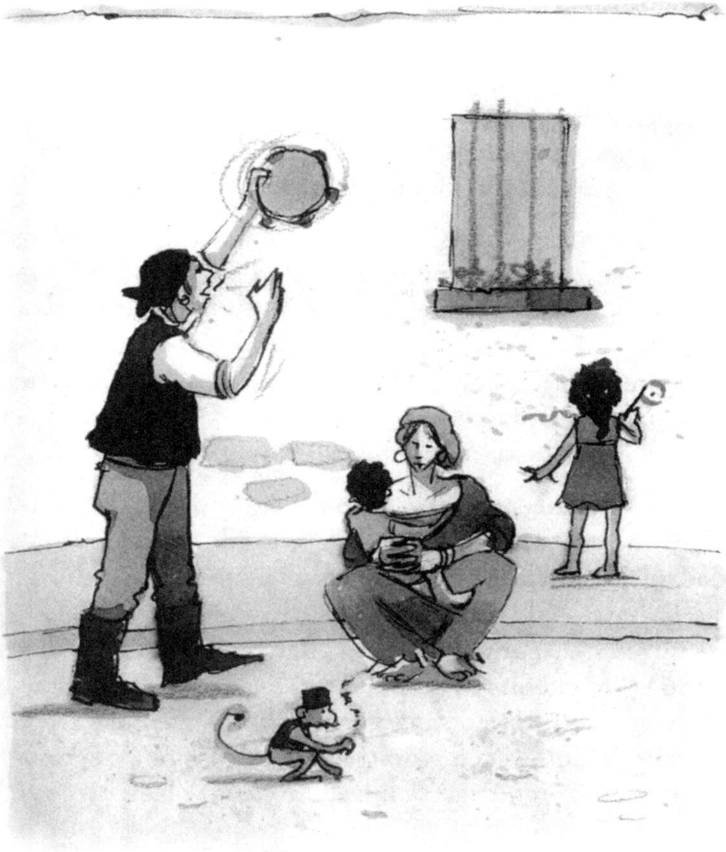

的东西去了。

三点钟……车站的班车沿新街向上开走了。太阳,只剩下太阳在照耀着大地。

"普拉特罗,他们是阿马罗美满的一家,匈牙利人①……"

男人像一棵橡树,只管自己搔痒;妇女像一株葡萄藤,总是倚躺着;两个孩子,一男一女,是他们的后代,那只捉虱子的猴子,依附于他们这一家,同时也给他们赚到不少实惠……

---

① 指流浪的吉卜赛人,大多来自匈牙利,以区别于西班牙的吉卜赛人。

34 女 友

海风爬上山坡,来到山顶的牧场上。山上遍地开满鲜花,海风在万花丛中欢笑。海风又爬上松树梢,去摇晃挂在枝叶间五颜六色的蜘蛛网……整个下午海风轻拂,阳光灿烂,令人心旷神怡。

普拉特罗驮着我,它心情高兴,步履轻盈敏捷,就像我没有骑在它身上。我们如走平地那样很快爬上山巅。一到山顶上,我便看到远方那松林中有条明亮无色的飘带,就像海中的小岛。山下,绿色的草地上,一些毛驴正在灌木丛中跳跃,好像有什么东西绊它们的脚。

峡谷中,春天在蠕动。突然,普拉特罗竖起耳朵,把鼻子翘得老高,都快碰到眼睛了,它张开嘴露出比豆角还长的黄黄牙齿。它正在喘着粗气,我不知道是什么了不起的事情这么打动它的心。噢,原来在蔚蓝色的天底下,对面的一座小山,那里站着它的女友。这时它张开那长号一般的大嘴巴,连续大叫两声,像山间瀑布一样震撼四方。

我的可怜的普拉特罗,它这种表达爱的本能受到了我的阻拦。它美丽的"情人"像它一样悲伤,瞪大了双眼,含着泪水看着它走过去了。它哭了,泪珠滚落到金盏花上……

普拉特罗倔强地跑了起来,不时地回过头深情地瞧着。

"难以相信,难以相信……难道是假的吗?"

35 蚂 蟥

你停一下,普拉特罗,你怎么啦?

普拉特罗的嘴流着血,咳嗽着,愈走愈慢。忽然,我想起来了,早晨经过毕内特泉水时,普拉特罗在那儿喝过水。虽然它总是紧闭牙关在最干净的地方喝,准是有一条蚂蟥吸在它的上颚或舌头上了……

停一下,伙计,让我看看……

修车夫拉波索正从杏园走来,我求他帮忙。我们两人想用力把普拉特罗的嘴撬开,可是它的嘴就像罗马水泥浇铸的一样。我懂了,很遗憾,可怜的普拉特罗并不像我以为的那样聪明……拉波索找来一根粗棍,又把它劈为四块,想在它的上下颚之间放一块,撬开它的嘴……然而谈何容易!普拉特罗使劲昂着头,举起前蹄站了起来,跑掉了……最后,不知怎么一下子棍子斜着插进普拉特罗嘴里去了。拉波索骑上它,用双手猛拉棍子,这才把普拉特罗的嘴撬开了。

噢，它嘴里有一条黑蚂蟥。我用两根葡萄藤把蚂蟥夹了出来……看上去蚂蟥像只红布袋，又像是装满了暗红色葡萄酒的皮囊，更像火鸡脸上的一个肉团。为了不让别的毛驴再受蚂蟥的害，我把它砍断了，投进小溪。只见水中漩涡顿时变红了，普拉特罗，那是你的血呀……

36 三个老太婆

普拉特罗,到这土坎上来,快闪开,让那几个可怜的老太婆过去……

她们可能是从海边或者山里来的;你看,一个瞎了眼,另外两个搀着她的手臂。她们也许是去看路易斯医生的,或者她们是去医院……看她们三个走得这么慢;那两个老太婆小心谨慎,好像三个人都在害怕厄运的降临。你看她们伸着手走路的怪样子,好像在回避什么危险似的,她们小心翼翼地拨开开着花的小枝条,你看见了吗?普拉特罗。

小心,别掉下去,伙计……你听她们边走边说着伤心的话。她们是吉卜赛人呀!你看她们的衣服上绣着圆环与荷叶,多么富有诗情画意。看,她们的身板也很硬朗,一点也不弯腰驼背,虽然上了些年纪,仍然很有风韵。只是皮肤晒黑了,脏乎乎地淌着汗,此时,烈日当空,她们渐渐消失在尘埃中。

　　普拉特罗，看她们三个虽然年岁大些，但对生活依然充满信心，春天的野草也用它们的鲜花为她们的生命增添光彩。

37 驴 车

一场大雨淹死了好些葡萄秧。一辆驴车陷到泥沟里。车上装着青草和蜜橘。一个衣衫褴褛、脏乎乎的小女孩,靠在车辆旁不停地哭泣。她一边哭着一边用肩膀扛那头拉车的毛驴。她想帮它一把,这毛驴又瘦又小,真够可怜的啦。小姑娘哭着,吆喝着,驴子顶着风用力地拉呀,拉呀,怎么也拉不出来,车轮子陷得太深了。他们俩就像一对无所畏惧的勇士,拼命地拉,仍然无济于事。他们的力量看起来就像这夏天的微风一样软弱无力,连花儿也吹不动。

我用手抚摩着我的普拉特罗,把它套到了那辆车上,在原来那头毛驴后面拉。接着,我就带着亲切的口气吆喝着"嘚儿驾",车子立刻被拉了出来。我们又帮助把车推上一个小坡。小姑娘高兴地抿着嘴笑了,她那带着泪痕的脸上泛起了红晕,像一轮被雨云遮住了的斜阳冲破了乌云,从金黄色的云层中射出了光辉一样,光彩照人。

小姑娘高兴得挑了两个大橘子送给我,我接过橘子,对她说了声"谢谢"。我给她那头又瘦又小的小毛驴一个橘子,算是对它的慰问,另一个给了我的普拉特罗,算是对它的奖赏。

38 面 包

我曾经告诉过你,普拉特罗,莫盖尔的灵魂是酒。对吧?不!莫盖尔的灵魂是面包。莫盖尔就像是一个大面包,整个村子雪白,就像面包心;周围金黄——啊,棕黄色的太阳——像是一层软软的外皮。

中午,当太阳烧得最旺的时候,整个村子开始冒烟,烤面包的香味和松柴燃烧的香味弥漫上空。村里的人都张开了嘴巴,像是一片巨大的嘴在吞吃着一个巨大的面包。面包片可以配各种各样的东西吃,放进橄榄油里、菜汤里,抹上奶酪和就着葡萄,为了使接吻增添滋味,还可以加上酒,加上火腿,加上面包自己,面包夹面包。也可以光吃面包,当然还需要你自己加上希望和幻想……

面包师傅骑着马疾跑而来,在每家的门前都停住,拍着手掌叫喊:"面包来啦……"妇女们裸露着胳膊举着篮子迎出来;有的要四分之一磅圆面包,有的要黑面包,有的要麸子,有的要……

这时候,穷孩子们也闻声而至,小心翼翼地按按门铃或敲门环,哭脸悲戚地哀求:"给点面包吧,太太……"

39　阿格拉埃①

普拉特罗,今天你多么漂亮,上这儿来……早晨,马卡里亚把你洗刷得多么干净呀!你身上的毛黑白分明,光彩夺目,就像被雨水冲刷过后的白天和黑夜。这会儿,普拉特罗,你真神气!

普拉特罗羞怯地看着自己,向我慢慢地走来,刚洗过澡,湿漉漉的,光洁得就像一个出浴的少女,脸像黎明一样清秀。它那双生动的大眼睛在闪着迷人的光,似乎是三美神中最年轻的一位给了它少女的热情和光彩。

突然,一种友爱的激情涌上我的心头,我动情地紧紧抱住它的头,爱抚地揉它的毛,胳肢它……它垂下双眼,两只柔软的耳朵上下呼扇。它也无意放开我,突然它跑了几步,又停了下来,目不转睛地看着我,像一条嬉戏的小

---

①　希腊神话中的三女神之一。

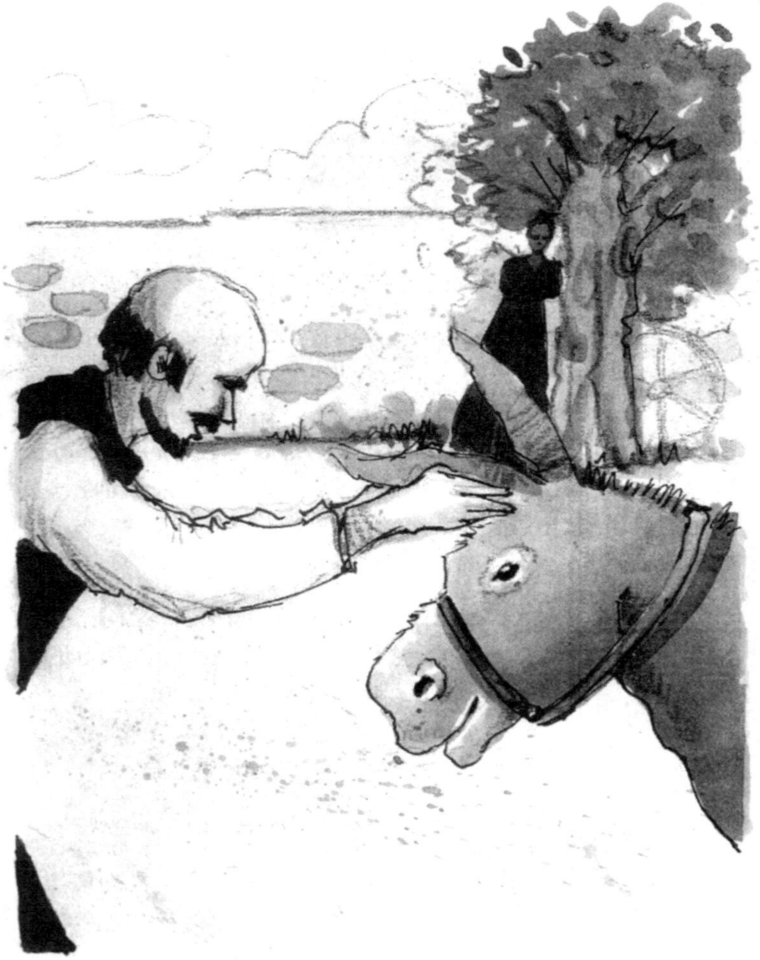

狗，逗我玩。

"这会儿，你真漂亮，伙计!"我又说。

普拉特罗像一个穷孩子穿了件新衣，羞怯地跑着，望着我，用它的跑跳和耳朵告诉我，它是多么的欢乐。在厩栏门口，它停了下来，假装着在吃那些红色的喇叭花。

阿格拉埃，专司美和善的女神，在明净的旭日中隐约地靠在梨树旁，梨树上果实累累，麻雀叽叽喳喳，而她正在微笑着欣赏清晨的美景。

40 王冠松树

无论我停留在哪里,普拉特罗,都好像待在王冠松树的下面。无论我到达何处——都市、爱情、荣耀——都好像置身于它的青枝绿叶间,飘浮于蓝天白云下。它像一座圆形的灯塔,指引着航道,使我绕过梦海中的险滩,指引着莫盖尔的水手,渡过江河海口的暗礁。它总是高耸在山巅,在艰难的日子里,给了我信心和希望。它所雄踞的红山坡上,有一条蜿蜒曲折的小路,是乞丐们到圣卢卡去的必经之地。每每忆及它时,我总觉得它是那么威武雄壮!在我成长的过程中,唯有对它的感觉始终没有改变,觉得它那么伟大,而且愈来愈巍然壮观。当人们锯去它被龙卷风折断的枝丫时,就好像砍掉我的四肢一样;偶尔,当我身上某个部位感到疼痛的时候,我觉得同样的疼痛也一定会出现在王冠松树上。

"伟大"这两个字,对于它就像对于海洋、天空和我的心灵那样完全合适。多少世纪以来,有过多少民族曾经在它的浓阴下休息，看着蓝天上的浮云飘过，就像在水面上、天空下和我忧郁的心灵之中，可以让人们栖息一样。每当我浮想联翩时，脑海中总会出现一些似曾相识的形象。就像从不同的角度看到的松树冠是变化无穷而又永恒的图画，于恍惚中召唤着我，让我到那里去安静地休息，似乎应该就此结束我生命的旅程。

41 达尔翁

达尔翁是普拉特罗的兽医。他像条领头牛那么大,像西瓜那么红润。他体重有一百多公斤,他说他已年逾花甲。

他讲起话来已经没有音调,犹如一架旧钢琴。有时候他说出来的不是连贯的句子,而是一股股气流,一边说一边摇头晃脑或者拍打大腿,一副老态,嗓子里断断续续地发着声音,不住地用手帕去擦嘴角上的口水……这真是晚饭前的一首不太悦耳的协奏曲。

他满口的牙齿全部掉光。吃起面包来可真有趣,先把面包放在手里搓碎,弄成小团,然后把面包团扔到血红的大嘴里,用牙床嚼呀嚼呀,半天才吃下一口,吃完一块再扔一块,胡须翘到他那鹰钩鼻子上。

他的确有领头牛那么大,你瞧他往铁匠铺门口那么一站,把门全给挡住了。可是他像个小孩子一样,喜欢跟我的普拉特罗玩儿。如果看到一朵花或者一只小鸟,他会高兴得马上咧开大嘴笑起来，笑个不停，常常激动得流出热泪。待到他平静下来了，他又瞧着那个古老的公墓，非常难过地喃喃自语：

"我的女儿呀，我可怜的女儿呀！……"

42 孩子和水

太阳烤灼着积满尘土、干旱而沉闷的大院,即使轻轻地踩下去,尘土也会四处飞扬,甚至蒙上你的眼睛。孩子和泉水在一起,欢乐又天真,但各自又有自己的灵魂。虽然连一株树也没有,然而,眼睛却望着普鲁士蓝的苍天,心里向往着两个大字:绿洲。

中午,太阳炎热,是午睡的时刻,而知了却在圣佛朗西斯科院子里叫个不停,似乎想要锯开橄榄树。太阳曝晒着孩子的头,他完全被泉水吸引住了。毫不觉察,他躺在地上,一只手放在潺潺流水中,只见他的掌心中形成一座清凉的水晶宫,映照着他欣喜若狂的黑眼睛。他鼻翼翕动,自言自语,另一只手则在破烂的衣服里不停地抓挠。宫殿虽然总在那里,但却游移不定,不断地变幻。孩子的手里捧着一块颤动的玻璃,仿佛是一个变化无穷的万花筒,他聚精会神而又小心翼翼,唯恐自己心跳,打碎他刚刚发现的奇妙世界……

　　普拉特罗啊,我说这些,不知你懂还是不懂。你知道,孩子手上捧着的也就是我的心灵。

43 友　谊

我和普拉特罗心心相印。我让它自由自在地行走,而它会把我带上要去的路。

它知道,当我们一走到科罗纳那棵大松树跟前的时候,我喜欢到高大的树下用手去抚摩树干,喜欢抬起头来透过那浓密的枝叶窥探天空;它知道,我喜欢到那条草地小路散步,沿着小路走向那古老的泉眼。那里的景色使人心醉,我站在山顶上望着弯弯曲曲流向远方的小溪,一个仙境闪现在我的脑海里。我喜欢在普拉特罗的背上打盹儿,每当我醒来的时候,眼前就出现一幅图画般的景色。

我把普拉特罗当作小朋友。如果道路崎岖不平,非常难走,我就下来,减轻一下它的负担。有时候我还吻它,可是有时候我也故意戏弄它……它非常理解我,从不记我的仇。我们俩是这样地相依为命，以至于有时候我会把它当成我自己。

普拉特罗像一个温存的小姑娘，对我百依百顺，对什么也不表示反对。它知道，我就是它的幸福，它总是躲开别人，躲开其他毛驴。

44　哄孩子的小姑娘

矿工家的那个小姑娘，尽管脸上有煤灰，显得有点儿脏，可还是蛮漂亮的。她的两只眼睛亮晶晶的，像两枚银币镶嵌在脸上，红红的嘴唇。她坐在茅屋门口的一块破瓦片上，正在那里哄着小弟弟睡觉。

五月里，阳光普照，暖人心房。在这温馨而宁静的时刻，可以听到田野里发出生命奏鸣曲；有谁在那里烧水，水快要开了，发出吱吱的声响；草地里传来小虫子的鸣叫；有海风吹过桉树奏出的欢乐的乐章。

小姑娘伤心地唱着：

小宝宝，

快睡觉，

牧神快来了……

停了一会儿,海风吹来……

睡吧,睡吧,
姐姐陪你睡觉……

海风生怕把孩子惊醒,轻轻地吹着。我的小毛驴很驯服地在松树林里走着,它慢慢地走,走啊,走啊……它累了,就往地上一倒,听着小姑娘的催眠曲,它也像个小孩儿打盹睡觉了。

45 庭院里的树

　　普拉特罗,这是树,是一棵槐树,是我自己种下的一朵绿色火焰。它生长着,一个春天又一个春天,现在,它用茂密的绿叶覆盖着我们,枝叶间透出夕阳的斑斑余晖。今天这所房子关闭了,可是从前我住在这里的时候,这树是我诗歌中最好的抒发对象,它的每一个枝条都装饰着四月的翡翠,十月的黄金。只要看它一下,便顿觉清凉,像诗神缪斯纤细而明净的手置于我的额头。从前这树是那样的美丽,那样的轻巧柔软!

　　而今天,普拉特罗,它几乎成了整个庭院的主人,它变得这样高大粗壮!我不知道它是否记得我。对于我来说,它变成了另一棵槐树。我把它忘却了,它已经随着时间的推移而在我的记忆中完全消失了,它年复一年地生长壮大,我对它原有的亲切感情也逐渐地冷淡了。

　　今天,没有什么可说的了,尽管它还是我亲手种下的

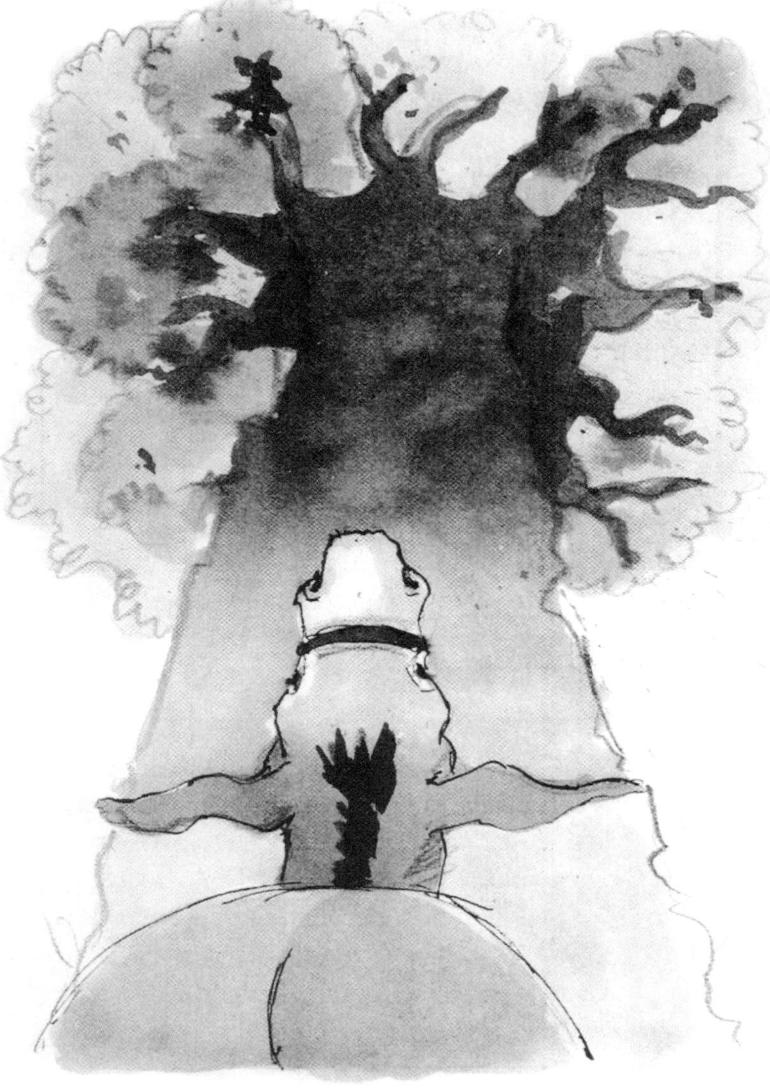

树。任何一棵树,当我第一次抚摸它的时候,普拉特罗,我的心里总是充满了激情。可是,原来我那么熟识而喜爱的树,我再次见到它时居然没什么话可说,普拉特罗,岂不悲哀吗?没有什么更多的要说了,也不必再看它了。傍晚的槐树上,已不再悬挂我的竖琴;它可爱的枝叶,也不再使我产生灵感。我曾多次来过这里,心怀孤独,耽于幻想,寻找清静,企求芳香。此刻我感到寒心和不适,我要离开这里,就像要远离赌场、药房和戏院一样,我的普拉特罗啊!

46　患肺病的小姑娘

小姑娘患肺病了,脸色很难看,煞白煞白的。她就像一朵被搓揉的玉簪花那样,黯然失色,毫无生气,乖乖地坐在一把破破烂烂的椅子上。屋子里的墙壁是白的,显得冷冰冰。医生嘱咐她要经常到外边晒太阳。五月里的太阳叫人感到温暖,可是她出不去了。

"如果什么时候我能到桥上的话,你瞧着吧,先生,我非从那里跳下去淹死不可……"一天,她对我这样说。

小姑娘讲起话来细声细气,软弱无力,就像夏天阵阵微风那么轻柔。

我叫她骑上我的普拉特罗到野外散散心,她欣然同意。她一骑上普拉特罗就高兴地笑起来。然而,她那张缺乏血色的脸,纵然笑起来也不大好看,黑眼珠,白牙齿。

妇女们都从屋子里跑到门口来了,她们个个瞪着一双好奇的眼睛看着我们走过去。普拉特罗慢悠悠地走,好像知道自己背上骑着一朵玻璃一样脆弱的百合花。

　　小姑娘衣着简朴。因为发烧,她已改变了原来的模样。可是,这时她多么高兴呀!瞧,她就像天使那样飘飘然,从天而降,飞落在原来的小村庄。

47　洛西奥节①

"普拉特罗,"我对小毛驴说,"咱们等等后面那些大车吧,它们带来了遥远的多尼亚那森林的传说,阿尼玛松林的秘密,马德雷斯山的清新空气,洛西娜花园的香气……"

我把普拉特罗打扮得漂漂亮亮,好叫它见了姑娘们不至于显得太寒碜。我们沿着大街走去,街两边房子的屋檐上都涂了红漆,落日的余晖软绵绵地照在上面。接着,我们就到了奥尔诺斯牧场,从这里能看到平原上道路纵横交错。

有一些大车已经爬上山坡。这时候天阴了,并且下起了霏霏细雨,雨点不停地打到葡萄上。可是,那些在大路上赶路的行人根本不理会,头也不抬,尽管赶他们的路。

走在前面的人,有的骑驴,有的骑马,有的骑骡子,都

---

① 洛西奥是西班牙南部的一个小城,以圣母洛西奥而得名,每年圣灵降临节期间,都要抬着圣母像举行盛大的宗教游行,参加的教民成千上万。

是阿拉伯人的打扮,很阔气,走起路来成对成双的。男人们得意扬扬,妇女们心花怒放,一会儿跑前,一会儿落后,一边说,一边笑。接着是醉汉们赶的车,叮叮当当地响着,一个个醉醺醺的。最后边的一辆是篷车。车上坐着金发塞维利亚女郎,她们打扮得花枝招展,手里不停地敲着手鼓,又说又笑。紧接着还有一些驴呀马的。红衣主教在那里高声喊着:"洛西奥的圣母万寿无疆!万寿无疆!"他满头白发,一身红袍,头戴宽边帽,几乎整个背都被遮住了,手里还拿着一根镀金的手杖,一头插在马镫子上。

最后是一辆牛车,由两条老牛拉着。牛头上长着一对犄角,看上去就像大主教一样神威。车上载的是德高望重的巨大的圣母像,硬木做心,外包银箔,车上挂满了花,像一个花园。

你听!乐声悠扬,钟声阵阵,鞭炮噼啪,马蹄嗒嗒……这是多么嘈杂多么威风啊!

见到此情此景,我的普拉特罗把前蹄跪下,像一个信女那样虔诚而恭顺地跪在地上了……

48 龙 萨[①]

普拉特罗自由了,我把缰绳解开了,它在草地上贪婪地吃着金盏花。

我躺在一棵松树下,从阿拉伯式的书包里拿出一本书,把它打开,我大声朗读起来:

你好像一朵玫瑰,盛开在五月,
你的第一朵花,是你的青春的喜悦。
你是那样的媚人,天神……
也不会把你忽略——[②]

突然,我看到一只小鸟在枝叶间蹦蹦跳跳,不停地唱

---

① 彼埃尔·龙萨(1524—1585),法国古典抒情诗人。
② 龙萨的诗。

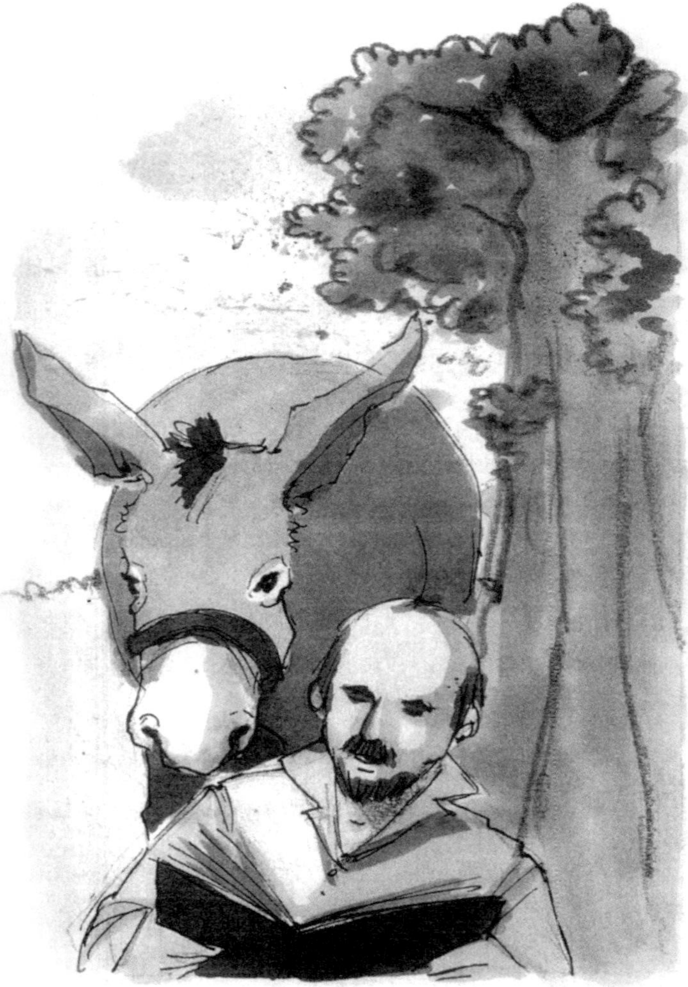

着；太阳的光辉照得绿色的树冠闪闪发光；我还听到另一些小鸟在那里叽叽喳喳地叫，一边叫一边不停地拍击翅膀，小鸟们正在吃午饭吗？

我不理睬它们，又接着念我的书：

你那鲜艳的色调……

这时，我感到有个温暖的大东西，就像船头搭在我的肩上。原来是普拉特罗。它被《奥菲欧》[①]的旋律感动了，来同我一起读书。来吧，让我们一起念吧：

……鲜艳的色彩。
当黎明用她的泪水把东方哭亮……

这时，有一只小鸟可能吃得过急，用它那并非音乐家的歌喉打断了我们的读书声……

---

① 意大利作曲家威尔第的歌剧。

49　拉洋片老头

忽然,一阵急促的鼓声,打破了街头的寂静。继而,听到有人在扯着嗓子喊叫。又听见街上有奔跑的脚步声……孩子们喊着:"拉洋片老头!拉洋片!拉洋片!"

街角处架子上放着一个绿色的匣子,上面插着四面玫瑰色的小旗,镜口向着太阳。老头打着鼓,在他的马扎上等着。一群穷孩子,手插在口袋里或者放在背后,可怜巴巴地瞅着洋片匣子,不一会儿跑来一个小男孩,往老头手心里放了五分硬币,然后走到洋片匣前,眼睛凑到镜口上……

"现在看……普里姆将军[①]……骑在白马上……"老头一边打着小鼓,一边用外乡口音绘声绘色地说着:

"码头……巴塞罗那的!"小鼓打得一阵比一阵急。

其他一些孩子,一来到就把硬币交给老头,然后急不可

---

① 胡安·普里姆(1814—1870),西班牙将军及政治家。

耐地等候在那里。老头喊着：

"现在看……哈瓦那……的城堡!"老头打着小鼓，拖长声音解说着。

普拉特罗，你看，一个小姑娘，还有对面人家的狗，都跑去看拉洋片了。为了凑趣，普拉特罗也把它的大头挤进孩子们中间。老头见状，便逗乐地对它说："你的钱呢?"

没钱的孩子们也失望地笑了，同时，眼巴巴地瞅着拉洋片的老头……

50　路旁之花

普拉特罗啊，这路边的花多香多美呀。许多牛啊，羊啊，还有人，都从这些美丽的花旁走过，而花呢？仍旧照样立在路旁，有时难免要受到人们的践踏，它们怎能不感到悲伤！可是，它们还是那样馥郁芳香，一尘不染。

每当我们下山的时候，就抄近路走。普拉特罗啊，你难道没有看见这些衬着绿叶的花依然立在路旁？有时候，从花的身旁飞起一只小鸟，那是因为我们走近了，把它吓飞了，有时候，你会看到花的叶子上挂满水汪汪的露珠。花啊，你们也许会感到一只只小蜜蜂在偷吸你们的蜜汁，或者蝴蝶在你们身边舞来舞去。这时候，你们显得更加娇艳。

这些花儿将活不了多久，普拉特罗啊！我们对它们的美好记忆将永远留在脑际。花的一生就像你春天中的一天，就像我的生命中的春天。然而，普拉特罗啊，如果我们想要这些美丽的花儿在秋天也为我们开放，有什么办法使它们青春常在呢？

51 洛　德

我不知道，普拉特罗，你会不会看照片。我已经让村子里的人看过了，好吧，我告诉你，这就是洛德，是我曾经对你说过的那只狗。你看，看见了没有？这时，在大理石院子里，海棠花盆之间，它正躺在垫子上晒太阳。

可怜的洛德！它是从塞维利亚来的，那时我正在那儿作画。洛德是条纯白狗，胖乎乎的，肌肉丰满得像贵妇人的大腿。洛德机灵而敏捷，跑起来像喷出水柱，身后的影子如同蝴蝶翻飞。它的眼睛目光炯炯，宛如两个感情丰富的音符。有时它会朝天狂吠，有时它毫无缘由地在大理石院子里围着百合花转圈。五月里，阳光灿烂，天窗上的有色玻璃闪烁着各种美丽的颜色，就像堂·卡米洛画的鸽子一样……有时它爬上屋顶，吓飞窠中的燕子……女佣玛卡里亚每天早晨用肥皂水洗刷它，它的毛发总是洁净而明亮，就像屋顶上映衬在蓝天之下的粉白女墙。

我父亲去世的时候，洛德整夜在棺材旁边守灵。有一次我母亲生病，它躺在床脚那儿，整整一个月不吃也不喝……有一天，有人来我们家告诉我们说，它被疯狗咬了……应该把它拴到卡斯蒂约酒窖那儿的杏树上，和人们隔离开。

　　它被带走时留下的目光，始终在刺痛我的心。普拉特罗，洛德就像星星的光芒一样永远存于我的脑际，我知道它剧烈痛苦的感情远远超过了它自身的消亡……当某种痛苦刺痛我的心时，我就想起洛德临别时的模样，难道它真的走向了永恒的生命之路……

52 水 井

普拉特罗，你知道水井有多深，井水有多清凉吗？你知道井水是多么深绿吗？"井"这个字告诉我们，为了找到水，人们从地面开始，一直挖下去，挖出个黑地洞。

你瞧，井台上有棵无花果树，把水井点缀得多壮观呀！可是，这棵树也碍事。你再往里边瞧，在那布满青苔的井壁上，伸手可及的地方还长着一朵兰花，香气扑鼻。再往下，一只燕子筑了个窝。接下去井壁是阴冷的，就像长长的走廊，从这里通向一个翡翠筑成的水晶宫，还有一片湖水，扔块石头进去，湖水马上会勃然大怒，狂吼起来。最后，是天穹。

当夜幕降临的时候，一轮月亮在井底出现，月亮周围有许多星星陪伴。井里多么安静啊！好像有生命的东西都销声匿迹了，他们的灵魂也许都钻到井底下去了。待到天明，各种生灵又都从井里冒出。这时，我觉得好像从井里会冒出一个主宰万物的巨人。水井是一个奇妙而安全的迷宫，是一个浓香馥郁、阴暗无光的公园，是一个令人陶醉的大殿。

喂，普拉特罗，如果哪一天我跳到这口井里，你可不要以为我是要去寻死，我是到井底捞月亮和星星的。

普拉特罗渴了，它很想尝一口这清凉清凉的井水，便大叫起来，这下子可吓坏了窝里的燕子。它拍打着翅膀，轻轻地飞了出来。

53 杏 子

沿着蜿蜒曲折的萨尔小巷走到尽头,一眼就看见矗立着的钟楼,小巷的白墙壁在蓝天和太阳的辉映下,时而闪现出紫色的光辉,不过,南墙因受海风的吹蚀,有的地方开始变黑并剥落了。有个孩子和一头毛驴慢慢地走了过来。孩子又矮又小,比他背上的草帽高不了多少。他轻声地哼着一曲山歌,沉浸在民歌的想象之中:

……带着极度的疲劳
我,向她恳求……

毛驴被放开了,它时而低下头吃几口路边的脏草,不过,似乎背上的驮子压得它垂头丧气。直到这时孩子好像才意识到已经来到了街上,马上停下脚步,叉开小泥腿,扯开嗓子喊起来,但在几个字的发音上仍然脱不掉孩子的稚气:

"杏……子……啊!"

卖不卖得了杏子似乎对他是无所谓的事——就像狄亚兹神父说的那样——接着他又低声吟起那首深沉的吉卜赛歌谣:

  ……现在我不责怪你,
  将来也不怪罪你。

同时他随手用棍子敲打着街上的石头……

一阵微风掠过小巷,带来热面包和松枝香味。突然,钟楼上的大钟、小钟敲起了三点报时的钟声,接着以其有节奏的不断的鸣响预告节日的来临。喇叭声,离镇班车的铃声,全淹没在钟的震耳欲聋的共鸣之中。

就连晶莹蔚蓝的海洋发出的海涛声也被钟声吞没了,偶尔尚能闻到一股海腥味。

卖杏子的孩子又想起了他的本行,停下脚步,喊道:

"杏……子……啊!"

普拉特罗不想走了,目不转睛地注视着卖杏子的孩子,继而嗅触他的毛驴。两头毛驴互相碰了碰头,便互相认识了,这使我想起了白熊见面时的情景……

"好了,普拉特罗,我去告诉那孩子,把他的毛驴给我,而你呢,就跟他一起去卖杏子吧……嗯!"

54　被踢了一蹶子

一天下午，我们到蒙特马约尔农场马掌铺去。人们都集中到一个用石头砌的大院子里。蔚蓝色的天空无边无际。一匹匹高头大马嘶叫着。妇女们爽朗地笑着。狗不住地吠叫着。我的普拉特罗站在一个角落里有点沉不住气，我对它说：

"你还是不跟我们去的好，你太小了……"

它根本不听我的，越发火儿了。实在没有办法，我只好让步了，让"小傻子"骑上它，把它带去了。

在广阔的田野里，骑着驴子走真是别有风趣！海边，潮水退了，留下一湾湾水，阳光下就像一些碎镜片散落在地上，看上去令人眼花缭乱。我们的普拉特罗夹在急促奔驰的马群里，加快步伐，用力跟上。突然，好像谁放了一枪，人们吓了一跳。普拉特罗的嘴巴一下子碰上了它前面的一匹小马的臀部，这家伙毫不客气，马上还了一蹶子。人们只管走路,谁也没注意到。可是,我看到我的普拉特罗一只蹄子流血了。这时,我赶紧下来,用一根针和一根鬃毛把伤口缝了起来。我对普拉特罗说:叫"小傻子"把你带回去吧!于是,它们两个慢慢地无精打采地走了。我看着它穿过一条枯河,这条河是从村子里流出来的。普拉特罗不时地转回头来,用羡慕的眼光看看我们这些远去的大队人马。

我从农场回来,就去看普拉特罗。我发现它的伤口还有点痛,它无精打采,我亲切地安慰它:

"你看,你不该跟人们到那么远的地方去吧?"

55　驴畜学

在一本词典里，我看到这样带有讽刺地解释驴畜学——"驴畜学"：名词，阴性，描写驴的体态和特征。

可怜的毛驴啊！你这样好，这样高尚，这样敏锐！什么"讽刺意味"？为什么呢？难道说你就不配有个严肃的解释吗？对你的恰如其分的解释应该像春天那么美。我看倒应该说"好人"就是驴，"坏驴"应该解释为"人"！带有讽刺意味！谁像你这么聪明，这么耐心，这么善良，这么令人可爱！老翁喜欢你，孩子们同你游戏；你是太阳的亲朋，是小狗的挚友；小河离不开你，蝴蝶跟你飞走；鲜花伴随你，月亮照着你走的路，你就是草原上的奥勒留①。

果然，普拉特罗懂了我的意思。它睁大了眼睛，目不转睛地看着我。你瞧它那副看上去死板而实际温情的神态！它

---

① 奥勒留（121—180），古罗马皇帝。

那双乌亮的大眼珠有一个明亮的小太阳在闪耀。

啊，普拉特罗！但愿你那毛茸茸的可爱的脑袋知道我在为你鸣不平，知道我也是和你一样心地善良，我比那些编写词典的人好得多！

于是，我就在词典上写了旁注："驴畜学"，名词，阴性，很明显，应该说这是讽刺那个编词典的愚蠢的家伙。

56　圣餐会节

当我们从果园里回来,走到河边的时候,教堂的钟敲了三遍。我们沿着大路走进了村子。教堂的铜钟还在隆隆响着。钟声、鞭炮声和乐声汇合在一起,形成了一曲壮丽的交响乐。

街道两旁的房子刷得雪白,还用红线画了边。树木成行,绿草如茵。家家户户披红挂绿,还有金丝银线织的绫罗。有丧事的人家窗上挂着黑纱带。走到大街拐弯处的那些房子,才看得到教堂屋顶上那个耀眼的十字架在朝阳下可以和燃烧着的大蜡烛争辉斗艳。

参加庆祝活动的教徒们缓慢地行进着,以一面红旗和身挂面包圈的面包神为先导,接着是一面蓝旗和手里拿着一只银船的海神圣特尔莫,以及黄旗和身旁跟着一对牛的农神伊西德罗。还有其他五颜六色的彩旗以及众多的神像。圣安娜,她正在给蓝色的圣母玛利亚讲经,还有圣何塞。棕色的神龛在最后，由乡警保护着，神龛旁边挂着一串串石榴和翡翠般的葡萄，神龛全是由金银镶嵌着，在一缕缕香烟中显得异常庄严神圣。

傍晚，人们用安达卢西亚式的拉丁语唱起了圣歌。夕阳，透过雨云从大街上射来了金黄色余晖。六月的夜晚多么安静呀。西边天上，渐渐地呈现出乳白色。教堂看上去成红色的了。上面有许多鸽子正在那儿嬉闹，相互啄弄对方的红冠子，亲密无间。

这时，普拉特罗张着大嘴，昂着头，扯着嗓门吼叫起来。瞧，它多有意思呀！好像要加入到这由钟声、鞭炮声、乐声以及人们唱圣歌的声音组成的大合唱里来。大家都在用歌唱把这一天最后的时刻送走。可是，唯独普拉特罗的叫声显得格外高亢、粗犷，与众不同。

57　漫　步

夏季，我常常带着我的伙伴——小普拉特罗，到附近的山路上散步。山路隐没在嫩绿的野草野花中间，真是别有一番兴味。有时，我坐在路边看书；有时，我就边走边看；有时，嘴里哼着一首我心爱的歌曲；有时，我诗兴大发，出口成章，吟出一首诗来。普拉特罗一边走着，一边嚼着从路边咬来的花草。有些花草上还有灰尘，就像锦葵花、黄酸模等它也不在乎。它走走停停，甚至停下来的时候比走的时候还要多，可是我仍然不干涉它，要走要停悉听尊便。

在蔚蓝色的天空下，从挂满了快要成熟的扁桃的枝叶间向远方望去，眼前展现一幅五彩缤纷的图景。啊，寂静的田野，火热的大地，明媚的夏令！河上，有一条小船，扬着白帆，缓缓前进，其实并不刮风，何以扬帆呢？山那边，不知怎么搞的，失火了，只见一团团浓烟冲天而起，直达云霄。

这次散步，我们并没有走多长时间，它就像漫长而丰富的人生道路上的一段插曲。我们舒舒服服，无忧无虑地度过了一天。什么天上的神啦，什么流向远方的河啦，什么不幸的火灾啦，等等，等等，统统没在我的脑际中留下多少痕迹。

我们又走到一个地方，闻到阵阵橘子香，同时，又听到远处有水车欢快而清脆的歌唱声。普拉特罗听着，高兴地又是欢叫又是蹦跳。多么美丽的田野呀！走啊，走啊，我们来到一座水库旁。我马上取出杯子来，舀了一杯子清凉的水，咕咚咕咚地喝下去了；这时，普拉特罗也把它的大嘴伸进水里贪婪地喝起来。它先把嘴巴放到这儿喝一阵，抬起头来，停一会儿，又把嘴巴放到那儿喝一阵。瞧，它喝得多来劲啊！

58 斗 鸡

我不知道怎样形容我感到的不快，普拉特罗，刺眼的紫红色与金黄色怎能像飘扬在蓝天上、海洋上的国旗那样令人肃然起敬呢？你见到一面西班牙国旗飘扬在斗牛场的蓝天上，或是飘扬在穆德哈尔式①建筑上，比方说，在韦尔瓦车站上，你又是一种什么感觉呢？那是一种看了让人不舒服的红颜色、黄颜色。这使我想起加尔多斯②小说封面上那幅描写非洲战争③的画……这种感觉就像你见到一副制作精美的扑克牌，背面印着一头狮子……

我去那儿干什么？是谁带我去的？我记得是一个暖和的冬天中午，还有莫德斯多乐队的伴奏，酒香扑鼻，烟味和腊肠的气味令人不快……有议员、市长和韦尔瓦有名的斗牛

---

① 即阿拉伯式。
② 佩雷斯·加尔多斯（1843—1920），西班牙著名小说家。
③ 指1859年西班牙在摩洛哥挑起的战争。

士……斗鸡场很小,绿颜色,木栅栏挡着拥挤的人群。人们都很激动,有的人急得脸涨得通红,眼睛里冒火花,有的人顿足跺脚,歇斯底里地喊叫……小小的斗鸡场内,热得透不过气来。

冬日的阳光和煦宜人,斗鸡场内烟雾缭绕。可怜的英国种公鸡,两只恶魔般的西洋红眼睛,欲刺伤对方而后快,四只黄色的巨爪相互撕裂……尘土飞扬。

可是,我究竟为什么要待在那里,为什么郁郁寡欢?我不知道……有时望着一块厚厚的破布在空中颤动,觉得那是里贝拉河上的一叶扁舟,又觉得它似乎是一棵枝繁叶茂的橘子树,满树白花在阳光下散发着阵阵沁人肺腑的香气……多好啊!——我的灵魂也变得芳香了——这开花的橘树,这亲切的和风,这高照的太阳!

……可是我没有离开……

59 傍 晚

傍晚,夕阳软弱不堪,失去了火力。村子里一片寂静。天色逐渐模糊下来。这时,远处的东西只能凭记忆去想象,连近处的景物也分辨不清。可是,这多么富有诗意呀!村子的这幅景色可以使诗人诗兴大发,浮想联翩。当然,也难免叫人有些伤感。

一会儿,星星都出来了。星光下,可以看到场院里新打下的一堆堆粮食,就像一座座金色的小山丘,散发出扑鼻的禾香。农民们虽有些疲倦,但见到这丰收的景象心里有说不出的高兴,嘴里哼着小曲。寡妇们坐在门前想念死去的丈夫,他们就在牲口栏后面的地下安息着!小孩子们从这里跑到那里,无忧无虑地玩着,他们像一只只小鸟,从这棵树跳到那棵树上……

天色已经很晚了,可是借着那些穷人家的白石灰墙的反光,还可以看得出有些模糊的人影走来走去。他们都不声不

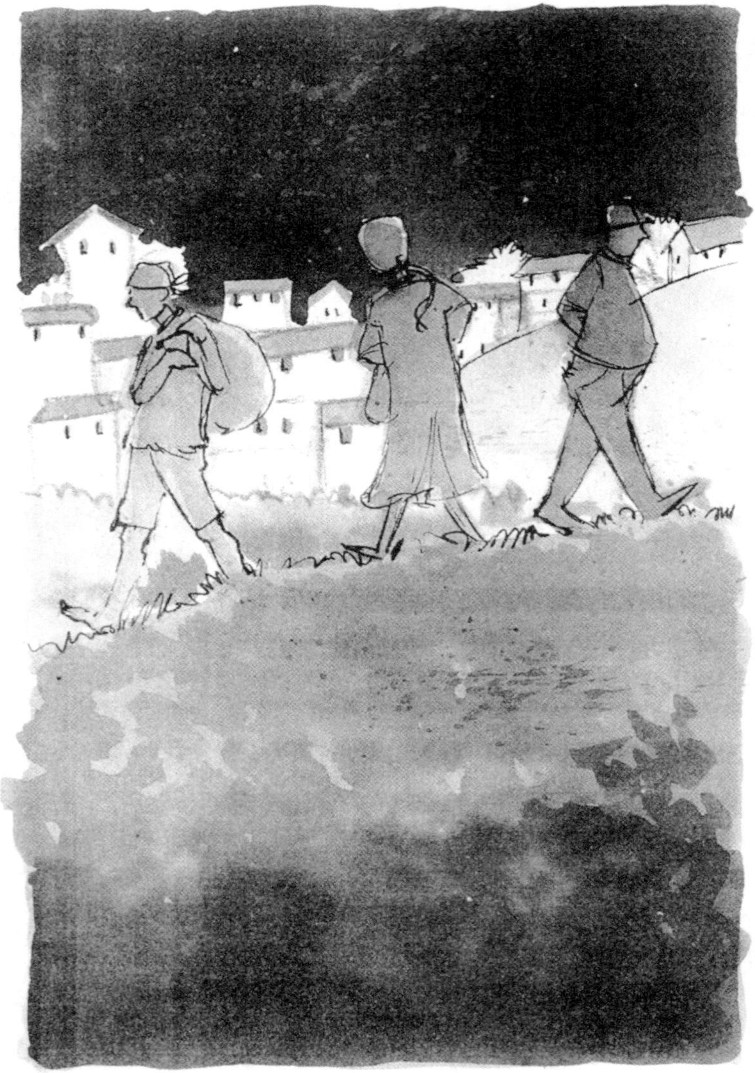

响，悲悲切切，心中充满了忧伤。他们当中有乞丐，有小偷，还有个葡萄牙人。他们正朝山上走去……这一切和这肃穆宁静的气氛又是多么不相称啊！小孩子们都走开了，躲在黑暗的门洞里议论着。我听到一个孩子说：

"他们拿膏药给国王的枯瘦如柴的女儿治病……"

60 印 章

那玩意儿像表一样,普拉特罗,一打开小银盒就出来了,头对着紫色印墨,像一只鸟蹲在窠里。真有意思,只要往掌心印一下,我手上就印上了他的名字:

佛朗西斯科·鲁伊斯,莫盖尔

我多么梦想有我朋友这样一枚印章啊!有一次,我在一只旧写字台里找到了一些铅字,拼成我的名字,印出来不清楚,不像我朋友的那个,无论在书上、墙上、肉上,都可以印上他的名字:

佛朗西斯科·鲁伊斯,莫盖尔

有一天,塞维利亚的银匠阿里亚斯和一个卖文具的货郎一起来到了我家。他有多么漂亮的尺子呀、圆规呀、各种颜色的墨水呀，还有印章！各种大小、各种式样的全有！我打破我的小钱罐，找到了我积攒的银币，委托银匠刻一枚有我的名字和村名的印章。那个星期显得多么漫长啊！当邮车到达时，我的心跳得可厉害了！而当邮差的脚步伴着雨声离去时，悲哀的汗水浸透了我的心！终于一天傍晚，邮差给我把印章带来了。那是一个小巧而复杂的盒子，里面有铅笔、钢笔、大写字母……我哪里知道！按下一个按钮，里面就跳出一枚崭新的印章。

家里还剩下什么东西没有盖印呢？还有什么东西没有归我所有呢？如果别人要我盖印——不过，要小心！用多了会磨坏的！我会很不高兴的。第二天一早，我匆忙而紧张地把所有的东西，把书本、衬衫、帽子、靴子和手全都印上了：

胡安·拉蒙·希梅内斯，莫盖尔

然后带上这一切，高高兴兴地上学而去。

61　狗妈妈

普拉特罗，我对你说过的这个狗妈妈，就是猎人洛巴托的那只母狗。你很熟悉它，因为在去雅诺斯的路上碰见过很多次了……你记得吧？它那身黄白相间的毛简直像五月里的一抹晚霞……它生了四只小狗，卖牛妇沙鲁德把小狗都带走放在自家草屋里，因为她的儿子病得很厉害。堂·路易斯对她说需要喝乳狗肉汤。你知道，从洛巴托的住家到马德雷斯桥有多远，中间还要经过塔布拉斯小路……

普拉特罗啊，有人说，狗妈妈整天都像疯了似的跑进跑出，爬上山冈，跑到大路上，各处去寻找，在人们身上嗅着闻着……晚祷的时候，有人看见它守候在奥尔诺斯茅屋旁的土包上，朝着落日呜呜哀鸣。

你知道得很清楚，从恩梅迪奥街到塔布拉斯小路口有多远……狗妈妈在黑夜里来回跑了四次，一次叼一只小狗。第二天早晨，当洛巴托打开门，一眼看见狗妈妈躺在门槛那儿温驯地望着他，小狗们在贪婪地吮吸着狗妈妈饱满的玫瑰色乳房……

62　她与我们

普拉特罗,难道她——你的朋友走了吗?可是她上哪儿去?她在黑色的火车上,这火车正沿着铺在白云间的空中铁路向北开去。

然而,普拉特罗,我和你都留在这里,站在波浪起伏的金黄色的麦田里,这些小麦像罂粟一样,七月就要成熟了。你还记得那些白色的水蒸气吗?它变成朵朵白云把太阳轻轻地遮住,把花儿也遮盖得看不清了。这些白云东游西飘,天知道它们跑到哪里!

她的头发是金黄色的,戴着黑纱,就像在窗户上出现的一幅幻影。

也许她会想:"这个穿丧服的人和那个银灰色的小毛驴是谁呢?"

还能是谁?不就是我们俩吗!对吧,普拉特罗。

63 麻 雀

清晨起来，天色阴沉沉的，时而发灰，时而发白。整个圣地亚哥城就像包在一团棉花里。人们都去做弥撒了，就剩下我和普拉特罗啦，还有花园里的一些麻雀。

麻雀多开心呀！天上有时掠过团团乌云，有时还落下几滴雨。你瞧，麻雀在花丛中显得多自由自在呀！叽叽喳喳地叫着，在牵牛花丛中钻进钻出，尖尖的嘴巴啄啄这儿啄啄那儿。这个跳到树杈上，蹦跶蹦跶，又飞走了；那个落到井边的水坑里，喝起水来，在这清澈的水底映衬出一叶蓝天；还有的飞到屋顶落到野花旁边。这些花，尽管有的快干枯了，可是与阴暗的苍天相比，仍然显得生机勃勃。

麻雀多幸福呀！它们没有节日，可是天天像过节一样。它们生活简单而自然，天真而纯朴，无忧无虑！也许唯有教堂的大钟最能理解它们了吧？它们不懂得什么是使人高兴的天堂，什么是使人悲伤的地狱；穷困的奴隶是我的兄弟，是我亲爱的兄弟。

麻雀身无分文,但能任意游山玩水。它们不带旅行包,啥也不带,想到哪里去,就到哪里去,有时候到河边,有时候到草丛,任其挑选,只要把翅膀一张就飞走了。它们不懂得什么星期一星期六的,愿意到哪里洗澡就到哪里洗澡。尽管它们叫不出大自然的名字来,可是它们酷爱它。

星期天,当那些可怜的人去做弥撒的时候,它们就叽叽喳喳地唱着叫着飞来了,飞到院子里,飞到花园里。这时候,只有你们大家熟悉的诗人和可爱的小毛驴把它们当作兄弟,热情地陪伴着它们。

64　弗拉斯科·贝莱斯

普拉特罗，今天不能出门了，刚刚在广场上看到了镇长的布告：

> 所有的狗，在高尚的莫盖尔镇街上通行时，若不戴上与之相适应的嘴套，我已授权属下格杀勿论。

普拉特罗，这就是说，村镇上有了疯狗。昨天晚上我已经听到许多警察的枪声。夜里警察们到过孟都里奥、卡斯蒂约、特拉斯摩罗，到处巡逻，这也是弗拉斯科·贝莱斯镇长的一大创造。

"傻姑娘"洛利亚挨家挨户地对着门、窗大声喊：根本没有疯狗。我们现在的这个镇长，和他的前任巴斯克人一样，那个家伙让傻小子装成鬼，开枪打他，把别人吓得不敢出屋，乘机把白兰地酒偷运出国境。可是，假如真有一只疯狗咬了你呢？我可真不愿这样想，普拉特罗！

65 夏 令

普拉特罗被牛虻咬得鲜血直流,这血变成了绛紫色,浓浓地滴在地上。

蝉在一棵高高的松树上"知了知了"地叫着,这棵树从来没有人来过……

走着,我在驴背上打了个盹儿。睁开眼睛一看,原来我们走在沙滩上了。沙粒滚烫,耀眼。这时,我却感到一阵寒气。

灌木,野草,鲜花,有的像一串串的玫瑰,有的像漂亮的锦缎,有的又像一串串丝线做的花穗头,像是泪珠。在那些矮矮的松树上还笼罩着一层白雾,看上去松树喘不过气来。一根树枝上有只小鸟,我从来没有见过这样的鸟,黄色,还有一道道黑色斑纹,站在那儿一声不响。

看园子的人不时地敲着一块铜片,吓唬那些一群群飞来啄食橘子的小鸟……

一会儿,我们来到一棵大胡桃树阴下。我打开了两个西瓜,多香甜的西瓜呀!红红的瓤儿,黑黑的籽儿。我一边吃着,一边倾听村里的喧闹声。普拉特罗像喝水那么痛快地吃着我扔给它的甘美的瓜肉。

66 山　火

沉重的钟声……三下、四下……

"火灾!"我们停下晚餐,怀着紧张的心情,攀着狭窄的小楼梯,爬上空旷而寂寞的平台。"在卢塞纳那边!"阿尼亚喊道,他第一个爬上平台。我们也爬到了上面,总算可以喘一口气了。这时,"当、当"的钟声不停地鸣响,震耳欲聋,也震撼着我的心。

"了不得,了不得……一场好大的火灾!"

是啊,远处森林轮廓依然清楚,一动不动,构成了一条黑地平线,火势蔓延处仿佛用红、黑两色制作的景泰蓝,又像彼埃罗·迪·柯西莫[①]的《狩猎图》。熊熊烈火时而显得格外明亮,时而宛如玫瑰色冉冉升起的月亮……在这清高的八月之夜,烈火似乎想永存不灭……一颗流星划过半空,消逝

---

① 彼埃罗·迪·柯西莫(1462—1521),意大利佛罗伦萨画家。

在蒙哈斯山上的蓝色之中……我感到形影孤单……

　　普拉特罗从厩栏里发出一声长鸣，把我带回到现实……人们都下去了……在这略感凉爽的夜晚，我觉得身旁刚刚过去的那个人，好像就是我在童年时放火烧山的那个"小公鸡"佩佩——莫盖尔的奥斯卡·王尔德[①]——他已经有点老了，两鬓斑白，像女人似的又圆又胖，穿一件黑色的上衣，一条棕白相间的格子裤，口袋里鼓鼓囊囊的，装满了长长的直布罗陀的火柴……

---

① 奥斯卡·王尔德（1856—1900），英国作家、诗人。

67 小 溪

这条小溪，普拉特罗，现在已经干涸了。沿着它，我们可以到牧马场。在我的发黄的旧地图上，牧场还是原来的样子，草地上废弃的水井旁锦缎般的虞美人，被太阳晒得萎靡不振。有时，我觉得小溪远在天边，这里的一切并不存在，或许仅仅是我的想象而已。

普拉特罗啊，我儿时的快乐与幻想就始于这条小溪，像一朵太阳下的牛蒡花闪烁着金光。我惊喜地发现，这条雅诺斯的小溪与在圣安东尼奥路口穿过白杨林的小河为同一条河流。夏天，经过它干涸的河道就可以走到这儿。冬天，在白杨树那儿放下一条软木小船，顺流而下，可以直达这些石榴树旁，牛群经过安古斯蒂亚斯桥时，我就藏在桥下……

普拉特罗，儿时的幻想多么美妙迷人，我不知道你可曾有过这种幻想！所有的来去之物都在十分有趣地变化，刹那

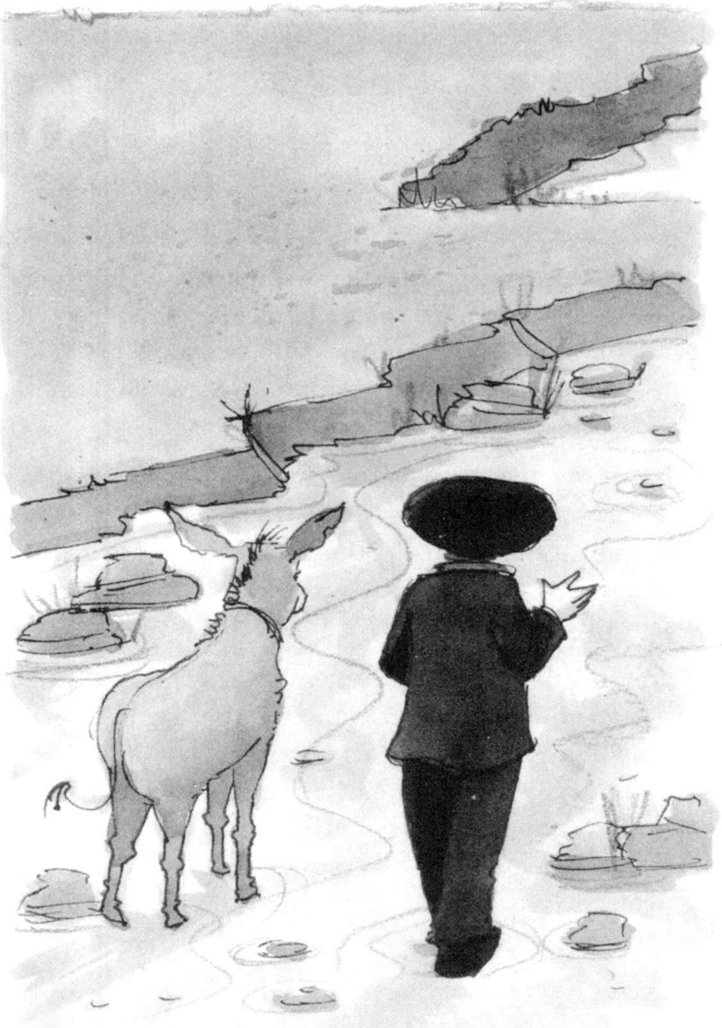

之间，一幅幅美丽的画面在你眼前闪过……你一边漫不经心地走着，一边奇妙无比地幻想着，就像一朵开放于河畔的鲜花，在阳光的照耀下奇美无比……啊，这种心灵如水的诗意，是一去不复返了。

68　星期天

一个节日般的清晨，清澈如洗的蔚蓝天空，回荡着忽远忽近的铃声。大地刚从睡梦中醒来，旭日把金色的光辉洒在它身上，小鸟在欢唱着幸福的乐章。

所有的人，就连看园子的人，都到镇上去看迎神的队伍。村子里就剩下我和普拉特罗。多么幽静！多么清新！多么舒适呀！我把普拉特罗放在山上的草地上，而我在一棵松树底下念起书来。树上栖落着许多小鸟，见我来了，一点也不害怕，仍然叽叽喳喳地叫着、唱着。我看的是哈雅姆[①]的抒情诗……

这个九月的早晨，周围是这样的静谧，可以听到植物的咝咝生长声，听到从地里发出的细小声音。金色的黄蜂围着一棵垂挂着串串玫瑰香葡萄的葡萄架飞来飞去。蝴蝶在花丛

---

① 哈雅姆，波斯诗人兼数学家，故于公元1132年。

中飞舞，吮吸花蜜，好像花丛中增加了几朵新花。我陶醉在这幽静的晨曦之中，它给我无穷无尽的想象力。

普拉特罗不时地停下来，把头从草地上抬起来看我；我不时地放下手中的诗集，望着它……

69　蟋蟀啼鸣

我们常常在夜间赶路,我和我的普拉特罗非常熟悉蟋蟀的啼鸣。

一到傍晚,它们就唱起来。起初,还有些犹豫,声音很低,时断时续,听起来也不大悦耳。待到夜幕慢慢降临,它们的叫声也就逐渐地高起来了,好像也知道应该与时间和地点配合好。等到透明的蓝色天空上布满星斗时,它们就完全放开嗓门。歌声就像铃儿一样清脆、悦耳、动听。

夜里,凉爽的晚风轻轻地吹着。夜花散发出阵阵芳香,随风飘扬,沁人肺腑。这时候,蛐蛐们谁也不示弱,个个引吭高歌,此起彼伏,似乎整个世界是属于他们的。

时间平平静静地过去了。这时候世界一片安宁,农民们也进入了甜蜜的梦乡,在睡梦中遨游蓝色的苍天。也许只有篱笆上的藤萝在含情脉脉凝眸对视吧。从蚕豆地里不时地刮来扑鼻的花香,宛如从天真纯朴、心灵手巧的少女身上吹来的香味；月光下，轻轻的晚风在墨绿色的麦海里吹起涟漪，扬起浪波，渐渐地，蛐蛐们的鸣叫被淹没了。

　　黎明，它们又叫起来了。我和我的普拉特罗感到凉意，我们就沿着一条挂满露珠的小径回家睡觉了。月亮也渐渐地垂落下去，显得睡意蒙眬。蛐蛐们却陶醉在这黎明的景色之中，又高唱起来，好像大合唱中的最后一个高潮，等到那些紫色的悲伤的彩云把太阳从大海中慢慢地托起来的时候，蟋蟀才停了这一夜的歌唱。

70 斗 牛

普拉特罗,你不知道,那些孩子们来这里干什么吧?他们今天下午要带你一起去斗牛的。可是,你不要急,我已经告诉他们,想都不要想……

人们都发疯了,普拉特罗,全镇都因为斗牛在骚动。乐队一大早就在酒店门前吹吹打打。整条新街由上到下,由下到上,车水马龙,来往不息。后街那里,正在为斗牛准备"卡那里奥",就是孩子们最喜欢的黄色车子。院子里的花,一朵也没剩下,全摘去献给贵妇人了。小伙子们戴着宽边帽,穿着衬衫,嘴里叼着雪茄,笨拙地在街上走着,散发出马厩和白兰地的气味,看了让人啼笑皆非。

普拉特罗,差不多两点钟了,在这寂静的片刻,唯有太阳照耀着大地。这是这一天之中唯一明净的空隙,斗牛士和女主妇们正在梳妆打扮。咱们俩跟去年一样,从旁门出去,穿过小巷,走向田野……

多么美丽的田野啊,过节这几天,人们却遗忘了它!只有一老翁躺在果园溪沟边欣赏他的酸葡萄,远处,斗牛场上乐曲声、掌声、喧闹声回荡在村镇上空……当我们向着安静的海边走去,这一切都在身后消失了……普拉特罗,而我的灵魂自感伟大、高尚而纯洁,它就像大好河山中一处壮观美丽的景色。

71 暴风雨

暴风雨就要来了,多么叫人害怕呀!人们屏住呼吸,浑身出冷汗。阴暗而低沉的天空把黎明完全吞没了。天黑得阴森森的,令人不寒而栗。这时候,就连情爱也停止了;有罪的人吓得心惊肉跳;而那些做了亏心事的人也在受着良心的谴责,他们紧闭着眼睛不停地祈祷。一切都变得死一般寂静……

突然间,雷声隆隆,好像许多巨石向人们压来,本来明亮的黎明变得死气沉沉,像花儿、鸟儿这样一些弱者都在暴风雨的袭击下一下子消失了。

胆小的人们眼巴巴地瞅着半开着的窗户,祈求老天爷,可是老天爷也无能为力,只是在那儿发出一道道寒光。东方,有几线光亮,从浓云的缝隙中射出来,叫人觉得凄凉,看来,光线也无力冲破这黑云的束缚。

上帝呀上帝,连你也被这样无情地抛弃了吗?瞧,你也

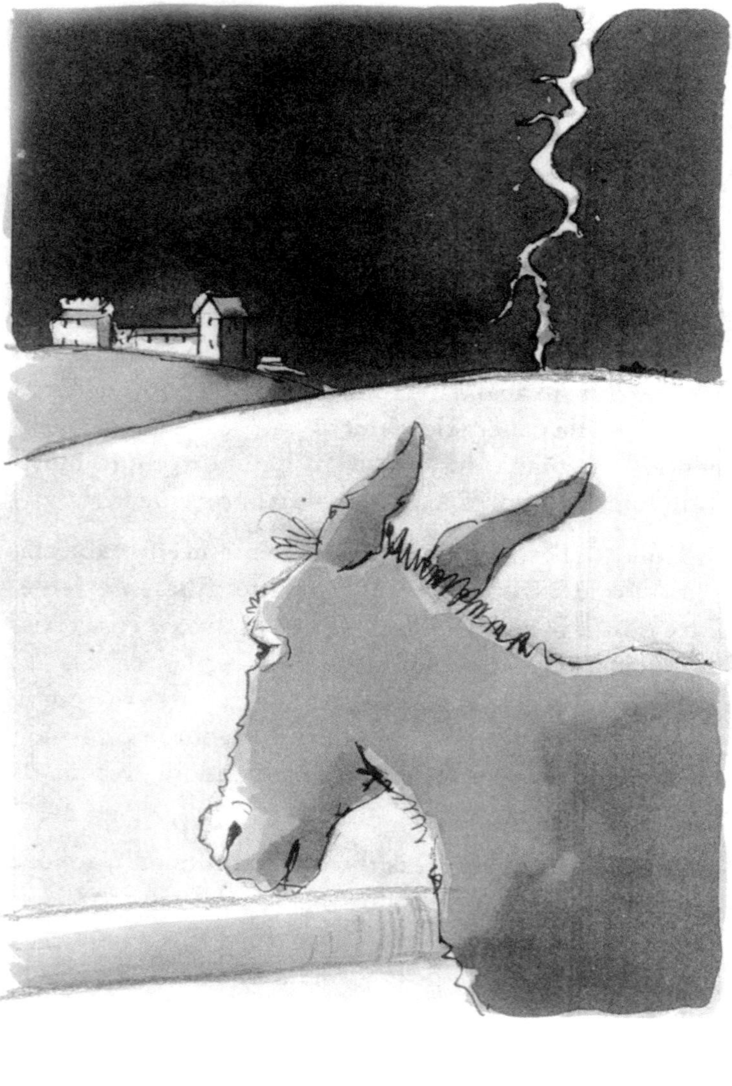

在这暴风中哭泣。难道你是这世界上最后一个上帝吗？但愿教堂里的钟声别再鸣响了，要么就干脆更大一点，把这暴风雨吞噬掉。大家不知道该怎么办，只是一味地祷告……

哪里也不能避免这暴风雨的打击。人们的心也凉了，孩子们哭个不停。

那么，我的普拉特罗又怎么样呢？它不也自己待在驴棚里，孤苦伶仃，无依无靠吗？

72 收葡萄

普拉特罗，今年，送葡萄来的驴子怎么这样少！招牌上用大字写着"六个雷亚尔一斤"，也没有用。到哪里去了，那些驴子？那些从鲁塞纳、阿尔蒙特和巴洛斯来的驴子，往年像你驮着我一样，它们驮着金黄般的液体，排着长队，一小时一小时地等着到酿酒作坊卸货；葡萄汁流了满街，女人和孩子都拎着瓦罐、土瓮、水壶跑来……

那时候，酒馆里充满了欢乐，普拉特罗，尤其是狄斯莫的酒馆！你瞧，大核桃树下的那家酒坊，人们一边用水洗刷，一边高兴地唱着民谣，工人们光着脚，扛着一桶桶葡萄汁，时而晃动着，泛出泡沫。远处，不时传来桶匠们制桶的敲打声，刚刚刨下的刨花散发着芳香……我从阿尔米朗特的前门进去，从后门出来；两扇门快乐地相对着，在酿酒工人的爱抚下，各自有其光彩的形象……

往年，镇上共有二十个酒坊，里面的工人不分昼夜地踩着葡萄。人们又蹦又跳地踩呀踩呀，看了令人眼花缭乱，然而他们又多么欢乐，多么热烈！而今年，普拉特罗，大部分酒坊都封着窗户，未开工，只有厩栏那边的作坊有两三个人在踩葡萄。

普拉特罗，现在，应该做一点事了，你总是不去，都快变成懒虫了。

有几头驮着东西的驴子正在向普拉特罗张望，而它还是那样悠闲、自在。为了不让它变懒惰，也免得别人说闲话，我便带着它到邻近的场上，装了葡萄，慢腾腾地从它们身边走过，来到压葡萄的地方……然后我又偷偷地把它带走……

73 夜 晚

夜晚,微风轻拂。从村子里随风传来华尔兹舞的乐曲。这个舞曲听了叫人并不好受,容易引起乡愁。这个村子沉浸在欢乐的节日气氛中,到处是灯火,连天空也映得红彤彤的。教堂的钟楼屹然不动,直插云端。钟楼此时染上了紫色,紫中透绿,像是麦秆的颜色一样……远处,村外那些屋子后头,有一轮明月快要落下去了,浮在河上面,它变得黄黄的,像打瞌睡一样,无精打采。

田野里静悄悄的,什么也看不见,只有树木和树影与它做伴。有时候能听到几声蟋蟀的鸣叫,小河的潺潺流水声,好像梦游人在对话,软绵绵的水珠犹如星斗散落下来……突然,普拉特罗从温暖的驴棚里发出阵阵悲伤的叫声。

老山羊说不定这时还没有入睡,它脖子上的小铃儿丁丁零零地响着,可是,不一会儿就听不见了。远处,从蒙特马约尔山那边传来一阵阵驴叫声……一会儿又从巴雷胡罗传来一阵阵驴叫声……又传来狗汪汪的叫声……

　　明亮的月夜里，园中的花儿看得清清楚楚，就像在白昼一样。在福恩特大街头上有一盏路灯，发出红红的光亮。一个人孤孤单单地刚刚拐过街角……他是谁呢？是我吗？不，不是我。我处在花香浓郁的暗处。这是月亮、紫丁香、微风和阴影组成的一幅画面，这里有蔚蓝的天空，闪烁的群星，金色的田野，我在这里静听我深沉的心声……地球在缓慢地转动……

74　萨里托

一天下午,温暖的太阳照射着大地。我正在小河边的葡萄园里收葡萄,一些妇女告诉我说,有一个小黑人在找我。

我正要去场院那里,这时他向我走来。"噢,是萨里托!"他是我的波多黎各女友罗莎里娜的用人,原来他是从塞维利亚逃出来的,以斗牛为生,从这村到那村奔走活命。他从涅布拉来到这里,身上穿着斗牛士的短披风,口袋里一文不名,不知挨了多少饿。

那些收葡萄的人掩饰不住对他的鄙夷神色,大家全斜着眼看他。那些男人,与其说是斜着眼瞧那个小黑人,不如说是乘机偷看几眼女人。女人们的眼光一碰上男人们的眼光就立刻避开。小黑人来到这儿以前,曾经和一个男孩子打过一架,那个家伙把他的耳朵咬破了。

见到小黑人,我对他笑了笑,和气地和他说话。他呢,有点不敢亲近我,用小手抚摩着正在吃草的小毛驴,同时用一种尊敬的目光看着我……

75 午 休

午后,当我在一棵无花果树下醒来的时候,觉得周围的景色令人悲伤,什么都是黄的,没有颜色,就连太阳也变得黄黄的了。

从树木的枝叶中间刮来一阵干燥的风,它抚摩着我这惺忪的睡眼以及汗漉漉的脸,我觉得很舒服。这棵无花果树已经很老了,它具有助人为乐的美德。它的大片大片叶子随风晃动,一会儿遮住我的视线,一会儿又使我眼花缭乱,好像我仍然睡在晃荡于太阳和树阴之间的偌大一个摇篮里。

远处,从遥远的村子那边传来阵阵钟声,这声音越过玻璃一样明亮的气浪,它告诉人们,已经是午后三点了,晚祷的时候到了。

普拉特罗听着钟声,偷了我一个沙瓤大西瓜。它站在那里一动也不动,瞪着一双心神不定的大眼睛看着我……

它看着我，我看着它，一会儿，我又迷迷糊糊了……一阵微风轻轻吹来，我看到树枝又晃动了，就像一只蝴蝶扑打着翅膀要飞走一样，果然，我好像看到蝴蝶的翅膀挂到树枝上了，看着看着，我那懒洋洋的眼睛又闭上了……

76 放烟火

在九月的那些欢庆的夜晚，我们常常跑到山顶上去观看村子节日的夜景，小山就在果园里小屋子的后头。山顶上能闻到水塘边夜来香的香味。

天黑了，开始放花了。最先是一阵阵低沉的鞭炮声，接着是无尾花炮，在天空中瞬间就散开了，发出耀眼的光辉，好像无数颗星星，霎时间，映得地面红彤彤，一会儿又变紫了，最后变成蓝的了。有的花看上去像一个个光着身子的胖娃娃，一个接一个地从天而降；有的像火红的柳树，从它身上纷纷扬扬地落火花；有的像火鸡；有的又像是红头野鸡……总之，整个天空就像一个五彩缤纷的花园，有各色各样的玫瑰花，其间用星星点缀着。

可是，普拉特罗又有什么样的感受呢？借着焰火之光，

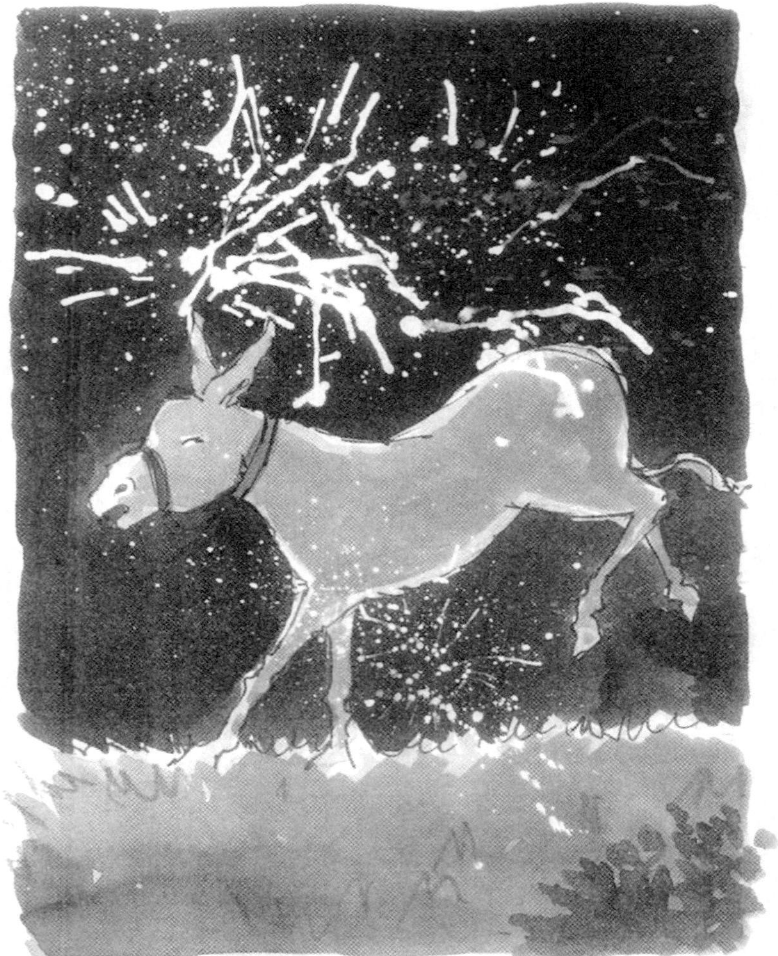

我看到它鞭炮一响就发抖，老是瞪着一双大眼睛注视着我。

焰火放完了，天渐渐发亮了，听得出村子里有人在走动。城堡的尖塔顶也隐约可见了。这时候，普拉特罗像着了魔似的，吼叫着从葡萄架底下跑走了，跑啊，跑啊，谁也不理，一直跑到远方的一棵大松树底下。

77 花果园

我们已然到了首都,我就想让普拉特罗看看这座花果园,在槐树、香蕉树凉爽的阴影下,我们走到了铁栅门前,香蕉树上还像装饰品似的挂满了香蕉。普拉特罗的蹄子踏在被流水磨光的大石板上,发出阵阵回响,白色的花瓣散向水中的蓝天,散发出丝丝幽香。

铁栅上爬着常青藤,叶子上的水珠晶莹欲滴,园内的空气潮湿而凉爽,阵阵花香沁人心脾。孩子们正在里面玩耍,宛似白色的蜂群,不时发出银铃般的叫喊。一辆插着紫旗的绿色小车在慢慢地走着;一只卖榛子的小船,上面挂满了紫色和金色的装饰品,一串串花生如同绳索横挂其间,烟囱里还冒着烟。卖气球的女孩拿着各种颜色的气球在空中晃动;卖蛋卷的老头疲倦地坐在自己的红铁皮箱旁边……深绿色的树木已经开始发黄,只有松柏依旧郁郁葱葱,金黄色的月光穿过薄云,透过树枝散向大地……

我走到果园门口，正要走进去的时候，穿着蓝制服的门卫拿着根黄棍子，胸前挂着一只大银表，过来对我说：

"驴子不能进去，先生。"

"驴子！什么驴子？"我问他，眼睛越过普拉特罗望着远处，显然是我忘记了普拉特罗还有一副动物的面貌。

"啊，你还要问我什么驴子，先生，你说是什么驴子……"

忽然我明白了，好吧，普拉特罗因为是驴子不能进去，而我虽然是人，却也不愿进去了。往前走吧！离开铁栅栏，我抚摩着它，一面跟它谈着别的事情……

78 月 亮

我的普拉特罗刚刚喝了两桶水,这水是我从那口布满了星星的井里打上来的。现在它正慢慢地心不在焉地穿过高高的向日葵返回驴棚。我早就等在门口了,倚在门框上,沉浸在香气袭人的野花之中。

远处,潮湿而松软的大地正在酣睡,散发出浓郁的松脂香味。天空中,月亮上方有一团黑云。这团黑云如同一只巨大的母鸡下了一个金蛋,把月亮置于山顶上。

我就对月亮说:

一轮明月当空照,
除非在梦境中,
谁见过它落在山腰?

普拉特罗目不转睛地望着月亮,摇晃着它的左耳,转过头来看了看我,接着又晃晃右耳,好像不理解我说的是什么。

79 欢　乐

　　普拉特罗常和一个名叫迪亚娜的漂亮白狗玩耍。它是一只小母狗，它的体形有如一弯月牙。它还和一只灰色的母山羊嬉戏，也和孩子们闹着玩儿……

　　迪亚娜喜欢在普拉特罗前面撒欢蹦跳，它一跑，脖子上的挂铃就叮叮当当作响，它装作啃咬普拉特罗的嘴巴。普拉特罗竖起两只牛角一样的耳朵用嘴轻轻地吻舔迪亚娜，让迪亚娜在那鲜花盛开的草地上滚爬。

　　老山羊走在普拉特罗的身旁，有时它的嘴巴要碰到普拉特罗的蹄子。它用牙从驴驮上捋下几根猫尾巴草，有时，嘴里叼着丁香草或者金盏花跑到普拉特罗的眼前，碰碰它的脑门，然后又调皮地走掉。母山羊咩咩地叫着，像小女孩那样撒娇……

　　普拉特罗是孩子们的玩具，它任凭孩子们戏耍。你瞧，它走起路来慢慢悠悠，时而停下，时而装傻，不让孩子们从它脊背上摔下，可是有时它又装出要跑的样子，故意把孩子们吓一跳……

　　莫盖尔的秋天，天高云淡。傍晚羊咩，驴叫，犬吠，孩子们嬉笑，教堂的钟鸣也加入了这支合唱队。这一切，透过十月的清新空气在山谷中回荡着。

80　野鸭子

入夜，我给普拉特罗送水喝。静悄悄的天幕上，一朵朵白云穿梭而过，数不清的星星闪闪发亮。天上不时传来一阵阵鸟儿的叫声。是什么鸟儿呢？噢，原来是野鸭子。它们正在逃避海上暴风骤雨的袭击，向内地飞来。有时候，觉得它们离我们很近，就在我们头顶上飞翔；有时候，又觉得它们要从天空飞到地上。不管怎么说，能够清楚地听到野鸭子的叫声，甚至能够听到它们拍击翅膀的声音和喘气的声息。

一小时，两小时，整夜都听到它们在叫，一边叫着一边向内地飞去。

普拉特罗正在喝水，它喝着喝着，突然间停下来，它也像我一样，抬起头来望望天上无数的繁星，然后陷入无限的遐思之中。

81 小姑娘

有一个小姑娘穿着洁白的连衣裙，戴着草帽，常来和普拉特罗玩，它为有她这样的朋友自豪和骄傲。每当她踏着布满紫丁香的草地朝普拉特罗走来的时候，总是娇声娇气地喊着："普拉特罗！普拉特罗！"小毛驴普拉特罗像个孩子似的高兴极了！跳啊叫啊，想把缰绳拽开。

她对普拉特罗可好了，而普拉特罗对她也非常温驯。她总在普拉特罗的肚子底下钻着玩，用小手打它的蹄子；有时，她弄一把细嫩的玉簪花连草带手一起搁到它嘴里，它张开红色的嘴巴，露出两排黄黄的牙齿；有时，普拉特罗故意把头低下，让小姑娘揪它的两只大耳朵；她还一个劲儿地变换着对它的爱称："小毛驴，大毛驴，小银驴子，小银驴儿……"

一天，小姑娘突然生病了，病得很厉害，危在旦夕。可是，她仍然惦记着普拉特罗，甚至在昏迷中还伤心地喊着：

"小毛驴啊！小银驴！"

从那间黑屋子里传出她阵阵哀叹，人们听到都伤心难过。唉，多寂寞的夏夜啊！

九月的一天，小姑娘死了。人们为她举行葬礼。那天天气多好啊！上帝把小姑娘的葬礼安排得多隆重啊！阳光明媚，玫瑰盛开，为小姑娘志哀；从公墓那边传来阵阵钟声，小姑娘的灵魂伴随着钟声升上天堂。

我伤心极了，独自一个人顺着篱笆走了回来，从畜棚的小门进了家。我走到畜棚那儿默默地坐下来，和普拉特罗一起伤心地哭起来，为那个可怜的小姑娘致哀。

82　牧　童

　　天色渐渐地暗下来，叫人觉得有点害怕。山顶上站着一个小牧童，吹着口哨。夕阳的微弱余晖映托出他的小小身影，仿佛美神轻轻地抚摩着他。已经看不清哪是花哪是草了，可是花的香味越来越浓。一群牲畜朝村子里走来，它们脖子上的小铃铛叮叮当当作响。快到畜栏时，牲口就乱了，像一窝蜂似的一拥而进。

　　"先生，先生，如果那头驴是我的……"

　　在这黑暗无光的时刻，牧童显得更加黝黑，更有田园的诗情。他在寻找着光亮，多么像穆里约[①]画里的男孩呀！

　　我真想把小驴子送给他，然而，没有你，我的普拉特罗，我怎么办呢？

[①] 穆里约（1617—1682），西班牙作家兼画家，其作品大多以宗教故事为题材。

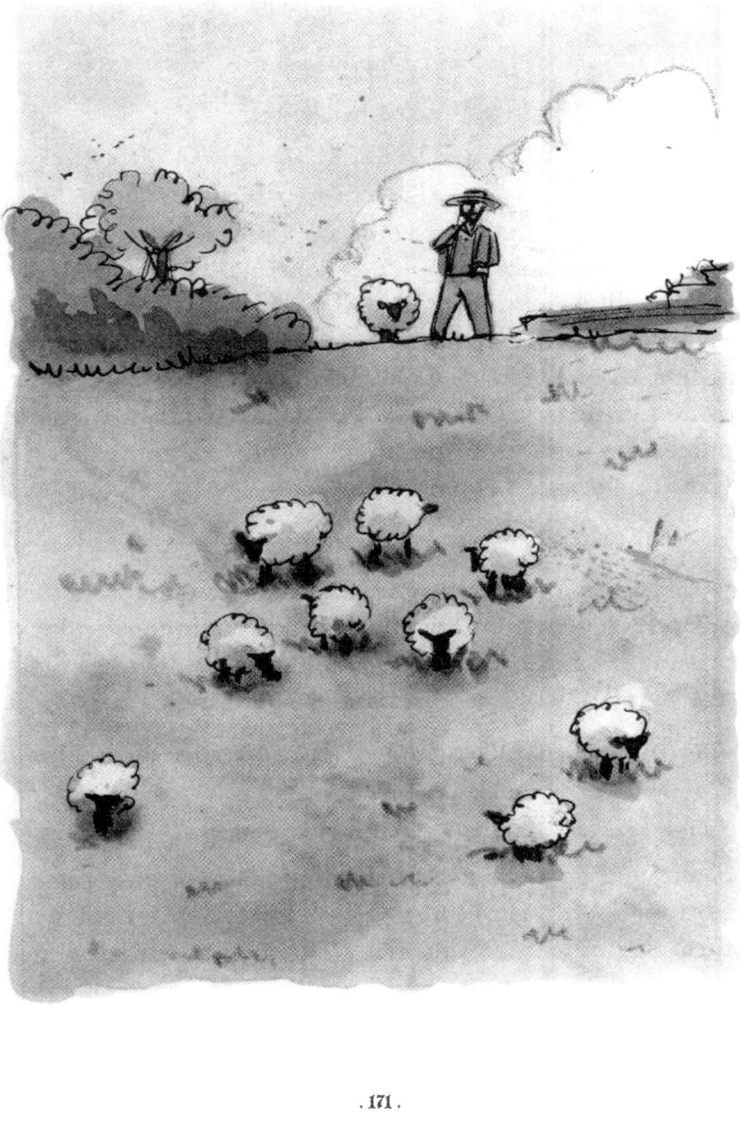

一轮明月高高挂在蒙特马约尔山庙的上方，柔和的月光洒在草地上。夕阳的余晖仍然隐约可见。那布满鲜花的草地如同梦境一般，我说不清草地上镶嵌着什么东西，为什么那么美丽。山上的大岩石，这时显得更大了，更可怕了，样子更凄惨了。隐蔽的溪水哭得十分伤心。

已经离得远了。牧童仍然贪婪地喊着：

"喂！那头驴要是我的该多好啊！"

83 金丝雀死了

普拉特罗,你瞧,小朋友们玩的那只金丝雀,今天早晨死在银丝笼子里了。它确实很老了,你还记得吧,冬天里它连叫也不叫,总是把头缩在羽毛里。春天到了,太阳把沉睡的大地唤醒了。花园里的玫瑰开放了,它怎么不想享受一下这春天新生活的乐趣,因此也就开始啼鸣了,但是它气力不足,叫起来声音沙哑,就像一只破笛子的声音。

那个最大的喂养过它的孩子看到它直挺挺地躺在笼子里,悲切地说:"可它要什么呀?吃的、喝的,哪一样也没有少过。"

普拉特罗,它什么也没有缺少过。"它之所以死是因为它要死了",就像坎波阿莫尔[①]说的那样,他说的也是一只老金丝雀。

[①] 拉蒙·德·坎波阿莫尔(1817—1901),西班牙诗人。

普拉特罗呀,也有鸟儿的天堂吗?据说,鸟儿的天堂在金黄色的花的世界中。白颜色的鸟,红颜色的鸟,天蓝色的鸟,黄颜色的鸟,各种颜色的鸟儿的灵魂都在那个金黄色的天堂上,是吗?

普拉特罗,你听着,咱们俩和别的小朋友一起,把金丝雀埋到花园里吧。月亮正圆,在它苍白的寒光下,这个可怜的歌唱家躺在小女孩布兰卡的纯洁的手里,多么像黄百合花的一片花瓣呀!我们将把它葬在那棵大玫瑰花下。

也许就在今年春天,我们将看到金丝雀从一朵白玫瑰中飞出来。那时候,芬芳的空气将为它歌唱。四月,会有一群长有无形翅膀的小鸟在它坟墓周围飞来飞去,还将有一条金色的小河潺潺流过。

84 山 冈

普拉特罗,你从来没有看过我这样浪漫而随便地躺在山冈上吧?

那些牛啊、狗啊、乌鸦啊,经过这里时我一动不动,甚至连看也不看它们一眼。只有当夜幕降临看不到影子时,我才离开。我不知道什么时候我第一次躺在那里,甚至怀疑我有没有在那里待过。你知道我说的那个山冈,就是在科巴诺老葡萄园上面,像一对男女的躯干那样矗立着的红山冈。

在那里,我又读了所有读过的书,思考了所有思考过的问题。在所有的博物馆里,我都看见我为自己画的像:我穿着一身黑衣服,躺在沙地上,背向着我;不,我说的是背向着你,或是背向着看我的人,我的思想在我的眼睛和西边天空之间自由驰骋。

从松林的房子那边传来了喊声,是要我去吃饭或者去睡觉的。我想，我是要去的，可是我又不知道是不是应该留在那里。不过我可以肯定，普拉特罗，我一定和你在一起，也永远不会到公墓里去安息，我要待在山花烂漫的山冈上，手里拿着一本书，欣赏河面上徐徐下沉的落日……

85 秋 天

你知道吗?普拉特罗,今天就连太阳也不想离开被窝了,它懒得不想起来。可是农夫们仍然起得很早,比太阳还早!太阳确实啥也没穿,早晨,天气有些凉爽。

北风刮得多凶啊!你看,遍地刮满了树枝,呼啸的北风将这些树枝吹向南方。

田野里,普拉特罗正在那里高高兴兴地拉犁耕地呢!这把犁就像是一件笨重的武器。它在耕耘和平的土地。大路两边很潮湿,发黄的树木定能发青转绿。阳光从树枝的缝隙中透过来洒在路上,就像是一小堆一小堆的金色篝火,照着我们前进。

86 拴着的狗

一入秋，普拉特罗，我就觉得这季节好像是一只拴着的狗。每当下午天气萧瑟转凉，一条狗就开始在畜栏、庭院或者花园里不停地狂吠，这几天秋意愈来愈浓，普拉特罗，我常听见那只拴着的狗总是在向着落日呜咽……

在我听来，狗吠声就是一曲悲切的哀歌，仿佛一个贪婪的人破产了，面对剩下的最后一枚金币感到无比惋惜痛心。然而黄金还是存在的，它不过满藏在贪婪的灵魂之中，就像孩子们用小镜子把阳光映在墙上的阴影里，构成蝴蝶和树叶的图像……

麻雀和八哥栖落在橘树或槐树的枝头，随着太阳升高而爬到树梢。转瞬间太阳由玫瑰红转为暗紫……美丽的景色消失在刹那间，似乎变得无穷无尽，就像死是为了求生。狗对着太阳狂吠起来，也许它感到这美景正在消失……

87 希腊乌龟

普拉特罗,有一天,中午放学回家时,我们兄弟俩在一条小胡同里捡到了这只乌龟。那是在八月,天空的颜色是普鲁士蓝的,蓝得几乎发黑!因为怕热,我们就抄近路从那里回来……看见这只乌龟被扔在草地谷仓的墙角里。我们很熟悉的那棵老树的影子洒落在它的身上,看上去简直就像一块土疙瘩。我们不敢拿,幸亏保姆帮忙,才把它弄回家,一进门就喊了起来:"一只乌龟!一只乌龟!"它太脏了,我们就用水往它身上浇,浇干净以后,它就像贴上了一张印花似的,显出了黑色和金色相间的斑纹……

绰号"绿鸟"的堂·华金·奥利瓦和其他的人都说,它是一只希腊乌龟。后来,我在耶稣会学校读自然史的时候,看见书上画的和它一模一样,而且标明希腊乌龟。以后,又看见大玻璃柜里的标本,说明牌上也这样写着。所以,普拉特罗,毫无疑问,这就是一只希腊乌龟。

从此以后，它就待在这一带，可是孩子们总是捉弄它！一会儿把它吊在楼梯上荡秋千，一会儿又把它扔给小狗洛德，要不然就把它翻过身来，整天肚皮朝天仰卧着……有一次，小聋子为了让我们知道它的壳有多硬，就朝它开了一枪，不料枪弹弹开了，把正在梨树下喝水的一只可怜的小白鸽打死了。

还有一次，一连好几个月也没有看到它。一天，它突然爬到煤堆上去了，动也不动，好像死了一样。可是几天以后，它又爬到阴沟里去了，有时会发现一些空蛋壳，这就表明它曾在那里待过。它和母鸡、鸽子、麻雀一起吃食，它最喜欢吃的是西红柿。春天，有时它成了厩栏的主人，仿佛从它那永远苍老的硬壳上又长出了新的痕迹，它仿佛得到了新生，要再活一个世纪。

88 十月的下午

树叶开始变黄了,假期结束了,小朋友们又上学去了。这时,没有孩子们的吵闹,显得非常冷清。太阳照射到空洞洞的屋子里,远处的喊叫声和笑声在我脑海里回荡。

太阳不知不觉已经挪到了西边,它的光线照射到正在盛开着的玫瑰花上。落日的余晖把整个花园染得红彤彤的。一阵阵浓郁的玫瑰花香,穿过平原,越过高山,飘到西边微红的天上。

这时,一切都很寂静。

普拉特罗也像我一样,有点厌倦了,不知干什么好。它慢腾腾地朝我走来,走了一会儿,又停了下来,显得犹豫不定,最后,终于又相信我了,这才和我一起进了家门。

89 安东尼亚

夏季小河涨水了,岸边盛开的金黄色百合花被冲得四散飘零,一片片美丽的花瓣随着流水逝去……

安东尼亚穿着一件只有节假日才穿的漂亮衣裙,正找地方过河,从哪儿才能过得去呢?人们搭的石头都被淤泥淹没了,姑娘沿着岸边往上游走,一直走到白杨树围墙那儿,看看能不能从那儿过去……不行,于是,我就给普拉特罗一个献殷勤的机会。

我刚对安东尼亚说话,她就满脸通红,就连眼角周围的雀斑也变红了,正是这些雀斑表明她天真无邪。后来,她突然对着一棵树饶有兴味地笑了起来……终于下定了决心。只见她把玫瑰色的绒线披巾往草地上一扔,跑了几步,像条狗似的一蹿便骑到了普拉特罗背上。两条圆溜溜的小腿熟练地跨在两边,针织的白袜上陪衬着一道道的红圈。

普拉特罗似乎考虑了一下,接着突然一跃,就到了对岸。我们都高兴得笑了。这时,她用脚后跟往普拉特罗的肚子上一踢,它便驮着一个如花似玉的姑娘,在朗朗的笑声中向平原上奔驰。

百合花香气袭人,流水潺潺悦耳,爱情沁人心脾。莎士比亚通过克雷奥帕特拉说出的诗句,像一顶带刺的玫瑰花冠紧紧地缠绕着我:

　　幸福的驴啊,你的背上驮着安东尼。[①]

"普拉特罗!"我终于急躁、强烈、失声地朝它叫了起来。

---

① 莎士比亚剧本《安东尼和克雷奥帕特拉》中的台词。

90　漏掉的一串葡萄

十月里,连续下了好几场雨。一天,雨过天晴,阳光金灿灿,我们大家到葡萄园里去。普拉特罗驮着吃的和孩子们的帽子,这些东西都放在驮子的一头,另一头装着一个小姑娘,她叫布兰卡,又白净又细嫩,简直就像一朵白玫瑰。

面貌一新的田野多么迷人呀!溪水潺潺,土地刚被犁过,松软如绵;小鸟在杨树枝头跳来跳去……

忽然,小朋友们一个跟着一个,边跑边喊:

"喂,一串葡萄,一串葡萄!"

原来,一棵大葡萄架上,长长的藤蔓绕在一起,上面挂着一些干黄的叶子,在这些叶子中间有一串琥珀色的葡萄,在阳光的照耀下闪闪发亮呢!谁不想得到这串葡萄呀?结果是维克多里娅先抢去了,她把葡萄放在背后,谁也不给。待我赶到了,我向她要的时候,她就像一个听话的孩子对大人那样顺从,高高兴兴地把它交给了我。

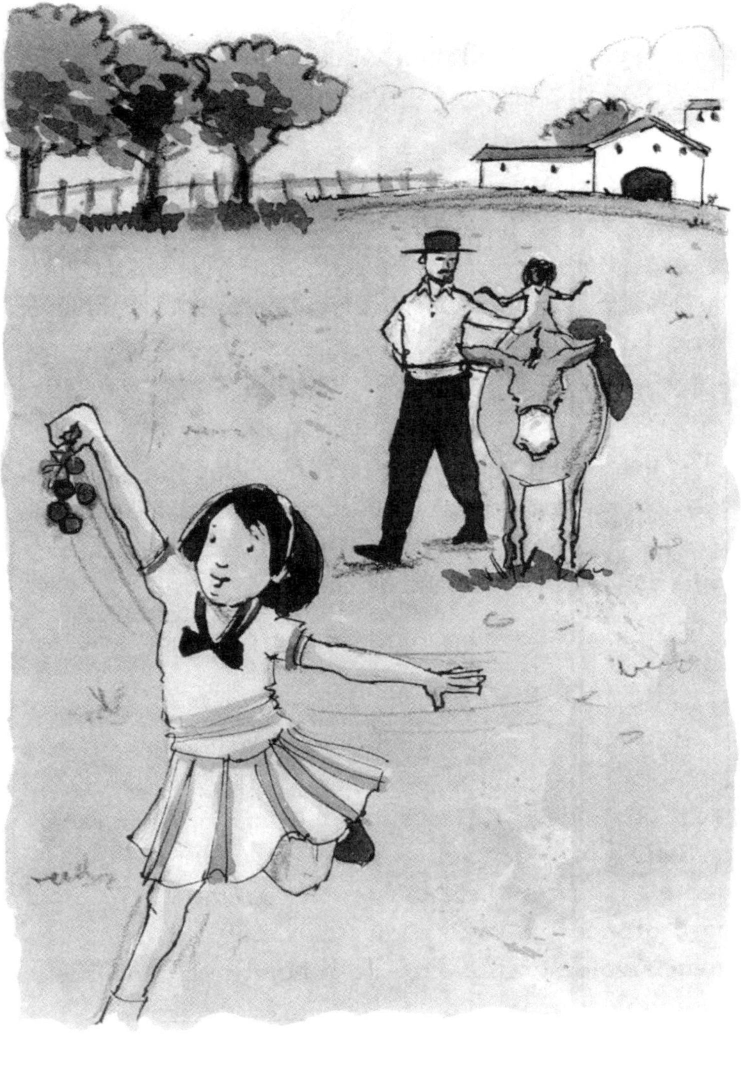

这串葡萄有五个大葡萄。我揪了一个给维克多里娅,揪了一个给罗拉,揪了一个给布兰卡……剩下最后一个,我就给了普拉特罗。孩子们一见都乐得笑起来,拍手欢呼。普拉特罗张开它的大嘴巴一下子就咬住了。

91 阿尔米兰特[①]

普拉特罗,你不认识阿尔米兰特。在你来之前它就已经给人带走了。但是,从它身上,我学到了高贵。你看槽头木板上还有它的名字,那儿还有它的鞍子、笼头和缰绳。

普拉特罗,它第一次来到厩里,就使我充满了幻想!它是在海滨长大的,它给我带来了朝气、力量和欢乐!它是那样英俊!每天早晨起来,我就和它到海边去,沿着浅滩尽情奔跑,当我们经过关闭着的风车磨坊时,吓得正在偷食的乌鸦群起而飞。然后它上了公路,在嘚嘚的蹄声中豪迈地步入新街。

一年冬天的下午,圣胡安酒馆的杜邦先生手里拿着马鞭,来到我家,把一沓钞票放在门厅的柜子上,就和拉乌罗一道到厩栏去了。傍晚,我从窗户看见阿尔米兰特套在

[①] 意为海军上将,此处为毛驴名字。

马车上，它拉着杜邦先生在雨中朝新街疾驰而去。简直就像在做梦！

不知有多少天，我的心总是紧缩着。他们不得不请了医生来，给了我一些溴化物和乙醚，还有一些不知名的东西让我吃。普拉特罗，就像忘掉洛德和那个小女孩一样，随着时间的推移，我慢慢地把它忘却了。普拉特罗，否则你会和阿尔米兰特成为好朋友的！

92 书

普拉特罗,太阳就要躲进山后了,它把它金色的余晖洒向刚刚犁过的松软而潮湿的田野。种子被埋进泥土中,过不了多久便会生出淡绿色的嫩芽。怕冷的鸟儿成群结队地向莫罗飞去。即使一点儿轻风,也会吹落那些残存的黄叶,所有的树都变得光秃秃的。

普拉特罗,在这样的季节里,人们的心灵也会感到凄凉而孤独,要去找寻朋友,而我们已经选择好了:高雅的新书。打开书本,注视着广阔的田野,我感到寂寞的思想似乎有所解脱。

你看,普拉特罗,仅仅一个月以前,我们还在大树婆婆的树影下睡午觉,而现在凌厉的西风在光秃秃的树冠上面呜呜地哀鸣,一只黑鸟儿在枯枝败叶间跳来跳去。孤单而枯萎的树木啊!

93 鱼 鳞

普拉特罗,从阿塞尼亚街开始,莫盖尔似乎就成了另一个镇子,往那边去是海员市场。人们讲起话来是另外一种样子,使用航海术语,各种样子都有,人们穿着自由随便,光怪陆离。海员们衣着讲究,挂着很粗的表链,抽着上等的雪茄或长柄的烟斗。就拿干瘦朴实的修车工拉波索和你认识的那个快乐的黄发姑娘(她住在里维拉大街)毕贡来说,他们之间的差别有多大呀!

教堂圣器保管人的女儿格拉纳狄利亚就住在码头那边。只要她一来,她的风趣加上她丰富的表情,给我们家厨房留下的余波会持续数日,不绝于耳。女仆们,一个是佛里塞塔来的,一个是蒙都里奥来的,还有一个是奥尔诺斯来的,都醉心于听她讲述关于加迪斯的、塔里法的和伊斯拉的事情:什么烟草走私呀,英国的针织品呀,还有长丝袜和金银……说完后,她用一块黑色薄披巾往苗条而轻盈的身上一裹,神气活现地用力踩着鞋后跟，咯噔咯噔地走了……

女仆们还在评论着她留下的那些丰富多彩的谈话。我发现蒙特玛约用手蒙住左眼，迎着太阳在看一些鱼鳞片片。我问她在干什么，她说：从鱼鳞的五彩闪光里可以看见披着绣花斗篷的卡尔曼圣母（卡尔曼圣母是海员们的保护神）。对了，都是格拉纳狄利亚告诉她们的……

94　皮尼托

"那家伙！……那家伙！……那家伙！……比皮尼托还笨！"

我差不多忘掉了谁是皮尼托。现在，普拉特罗，在这温和的秋天，红沙土晒得比火还红，忽然孩子们叫了起来，这时，我看见了可怜的皮尼托，他正在山坡上背着一捆发黑的葡萄藤，慢慢地向我们走来。

我似乎想起来了，可是还记不清，原来几乎完全忘掉了。我从他又脏又丑、黑瘦而敏捷的形象中，还看得到一点残留下来的英俊。然而，当我要竭力回忆他的形象时，却又全都跑光了。就像一场梦，一到早晨就再也记不起了。我也不能确定是不是他，仿佛在一个下雨的早晨，他几乎赤身裸体地在新街上跑着，孩子们在用石头砸他；又仿佛是在冬天的某个黄昏，他歪歪扭扭，垂头丧气地回来，顺着旧公墓的围墙走，他要到乞丐们聚会的地方去。那是一个废弃的窑洞,在风磨那边,周围有不少死狗和垃圾堆。

"比皮尼托还笨!……那家伙!"

我能用什么办法争取和皮尼托单独谈一次话呢?普拉特罗啊!可怜他已经死了,据马卡里亚说,他在科利亚斯家酗酒后,掉在卡斯蒂约的沟里死了。当然那是很久以前的事,那时我还是个小孩子,可现在你知道,普拉特罗,他真是笨吗?他怎么会那么笨呢?

普拉特罗,他死了,我再也无法知道他究竟是怎样的人,可是我知道,听一个孩子,一个认识他母亲的孩子说,毫无疑问,我是比皮尼托还要笨的。

95 河 流

普拉特罗,你看,这条河,被矿上那些心术不正的家伙们糟蹋得多么脏。河水几乎变成了红色的流水,在紫色和黄色的淤泥之间迂回蜿蜒,现在这条河上只能让玩具船航行了。人们何等无知呀!

从前载酒的大船,地中海的小船,升着黄色篷帆的木船和小游艇——"野狼"号、"埃洛伊莎姑娘"号;还有我爸爸的"圣卡埃塔诺"号,这船是由可怜的金特罗管理的;我叔叔的"星星"号,由毕贡管理的——都能开到这里来,孩子们看到那么多船停在码头上,那么多桅杆排在一起,多么高兴,多么惊奇!船上装的全是酒,要驶往马拉加、加迪斯、直布罗陀……波浪在船与船之间起伏翻滚,船头上用蓝、白、黄和西洋红画的眼睛、保护神和船名……打鱼的上岸了,往村子里运着沙丁鱼、牡蛎、海鳗和螃蟹,不过里奥廷托的铜矿把许多海产污染了。这样一来,我们高兴了,普拉特罗，有钱人吃了会恶心呕吐，这样穷人们可以到河里、海边捕捞小量的鱼充饥。然而，小艇，黄帆船和小船，却全都不见了。

多么不幸！基督已经看不见涨潮时海水涌入河口，而河里的水死气沉沉，毫无生机，河流像叫花子身上的一根微不足道的血管。"星星"号已经支离破碎，腐烂不堪，犬牙交错的龙骨伸向天空，在夕阳余晖的照耀下，又像一副烧焦了的鱼骨架。此刻，它成了孩子们游戏的地方，而我则忧心忡忡，焦虑万分。

96 石　榴

普拉特罗，这石榴多么美啊！是阿格狄利亚给我捎来的，产于河畔，好极了。石榴使我想起灌溉石榴树的清凉的溪水。多饱满、多新鲜的石榴呀！我们来尝一下好吗？普拉特罗，石榴外壳包得多紧呀！就像生了根一样，叫你剥都剥不开。石榴皮又苦又涩，你瞧，这些紧挨着皮的第一层颗粒，像是柔软的红宝石，晶莹闪亮。普拉特罗，里面的颗粒紧紧挤在一起，也很饱满，汁多，味美，普拉特罗，你拿去吃吧！好吃极了！我们可真有口福。你等一等，我连话也顾不得说了，口感美极了，这滋味就像我沉浸在万花筒瞬息万变的色彩中。终于吃完了！

我已经没有石榴树了。普拉特罗，你没有看见佛洛雷斯街上酒店旁边那些石榴树。下午我们经常打那里走，从围墙倒塌之处可以看得见柯拉尔街，有许多漂亮的畜栏，还能看见田野、小河，听见边防军的号声和西埃拉铁匠铺的叮当声,那里是新区,不是我们常去的地方;不过,那边每天都有充满着诗意的发现。石榴树上披着落日的余晖,看上去像闪光的宝树。水井旁阴影中的无花果树上果实累累……

石榴,是莫盖尔的特产,镇徽上的装饰!傍晚,石榴树伸开它的双臂,告别西下的夕阳!蒙哈斯花果园的石榴树,贝拉尔山涧峡谷里的石榴树,沙巴里埃戈的石榴树,都伴着潺潺的流水,沐浴在晚霞之中……而我,则痴情地想着它们,直到不知何时进入梦乡。

97 古老公墓

普拉特罗,为了能让你跟我一起进去,我把你混在那些运砖的驴子中间,才不至于被掘墓人发现。现在,我们已经进了这个幽静的场所……往前走啊……

你看,这就是圣何塞墓院。那个铁栏已经倒塌的绿色的阴暗角落,是神父们的墓群。三点钟了,阳光和煦,西风飒飒……这个刷着白灰的小院子专门埋葬夭折的少年……看吧,这位是海军上将,这位是堂娜·贝尼塔……穷苦人死后,就埋在这条沟里。

麻雀在松柏中间跳来跳去,它们多快乐呀,看那只戴胜鸟,在坟前的壁龛里用鼠尾草做了个窝巢……你看,掘墓人的孩子们正在高兴地吃着涂了黄油的面包……普拉特罗,你看这只白蝴蝶……

新墓院……等一下,听见吗?铃铛在响,那是三点钟的班车沿着公路往车站开……那些是风车磨坊的松树;堂

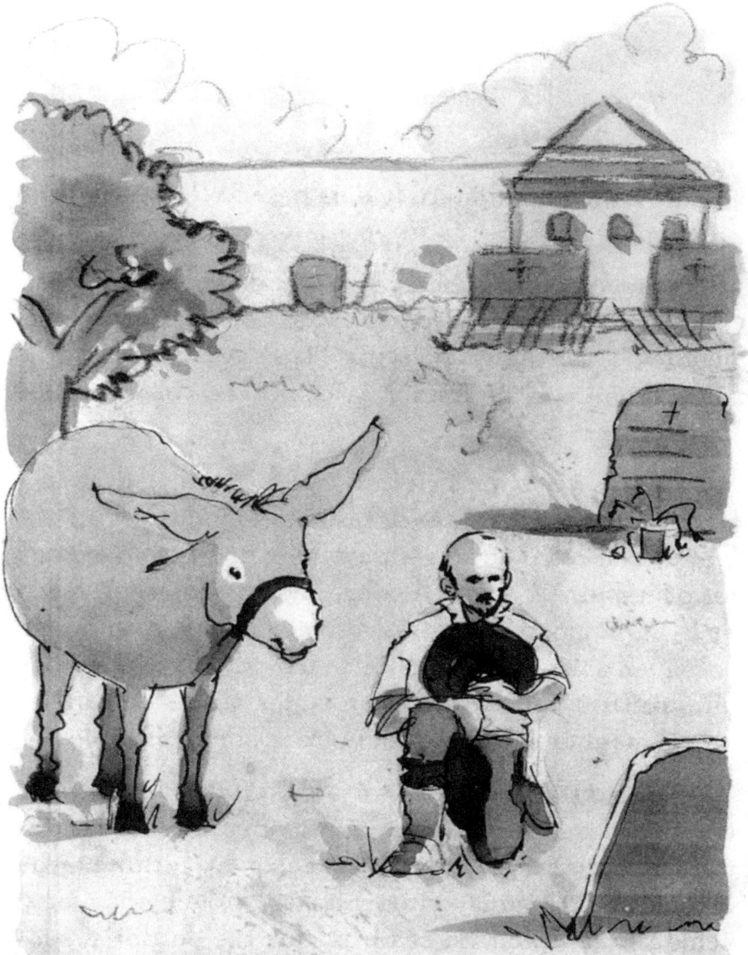

娜·鲁特加尔塔,这是中尉,阿尔佛雷狄多·拉莫斯。小时候,有一年春天的下午,我们兄弟俩,加上贝贝·萨恩斯和安东尼奥·里贝罗,一起把他的小白棺材抬到这里来的。别出声,里奥廷托的火车开到桥上了,你听,还在开……你知道卡门吗?她是个小姑娘,得了肺病,可怜极了,她那么漂亮!普拉特罗,你看,有玫瑰,这里就是她的坟墓,她像一棵晚香玉,她那双羞怯的黑眼睛再也不会睁开了。这里,普拉特罗,是我父亲的坟墓……普拉特罗……

98　利皮亚尼

普拉特罗，你靠边一点，让学校里的孩子们过去。

你知道，星期四他们总到郊外来远足。有几次，利皮亚尼带他们到卡斯特利亚诺神父那里去，有时候到阿古斯蒂亚斯桥，有时也去比拉。今天，利皮亚尼看来兴致很好，带着他们一直到了清真寺。

有时我想，利皮亚尼不会把你当人来看——你是知道的，按我们镇长的说法，不要把孩子教成一头驴——可是，我怕你会因此而饿死。因为可怜的利皮亚尼借口说什么"在天主面前大家都是兄弟""孩子们都来紧紧地靠着我"等他胡诌出来的道理，就和每一个孩子平分他们带来野餐的午点，于是他得到十三个半份，一下午就吃了。

你看，他们走得多欢！孩子们像一颗颗跳动着的火红的心，他们放射出的欢乐与热情浸润着这10月的下午。利皮亚尼肥胖的身体紧紧裹在一件又瘦又小的棕色格子衣服里，而这件衣服是他捡保利亚的。他蹒跚地走着，不停地捋着花白胡子，情不自禁地微笑着，因为他知道在松树下有一顿丰盛的野餐……他的脚步走过后，大地不停地颤抖，就像晚祷的钟声震动的一样。

99 城 堡

今天午后,天空显得很美,普拉特罗。秋天的金色光芒看上去就像一把把闪光的金剑!我喜欢上这儿来,在这僻静的山坡上能更好地观赏落日。这里不会有人妨碍我们,我们也不会打扰别人……

山下有一幢蓝白相间的草屋,周围长满了野花和杂草。那里没有人住,那是科利利亚以及她的女儿晚间幽会的地方。那些清白的好女儿,几乎总是穿着黑色的衣服。皮尼托就死在这条沟里,躺了两天也没有人发现。炮手们曾在这里安置大炮,你认识的那个伊格纳西奥常在这里走私白兰地酒。从安古斯蒂亚斯来的斗牛也从这里经过,可是,这里就是没有孩子们来。

你看,从拱形桥洞上,可以看到荒芜的红色葡萄园。往

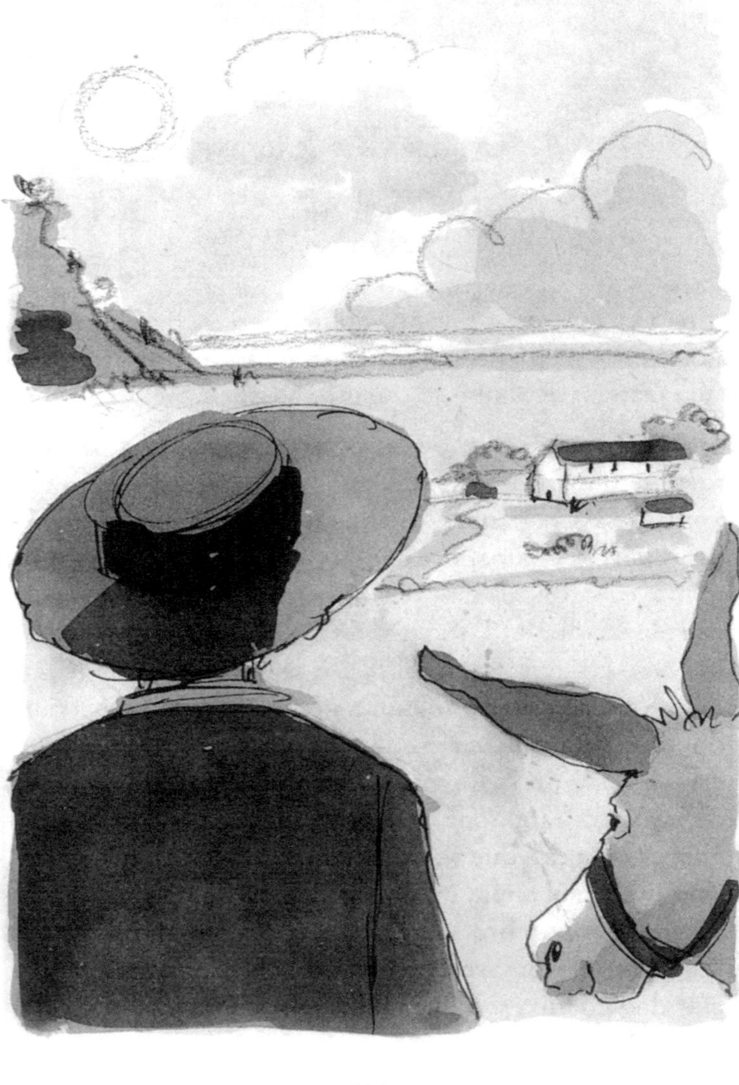

下就是砖窑。金黄色的巨大落日像一个万能的神灵，一切都被它吸引过去。落日不久就要下沉到韦尔瓦的海平线和万籁俱寂的世界的下面，也就是在莫盖尔和它的田野下边，在你和我的脚下。

100　斗牛场废墟

普拉特罗，那座烧掉的斗牛场，又一次像一阵风掠过我的脑际……为什么……我记不起它是在哪一天的下午被烧的……

我也想不起那里面是个什么样子……只留下一个似曾相识的印象；它是不是佛洛雷斯给我的巧克力画片上的那种模样？——几只灰色扁鼻子小狗，被一头公牛挑到了半空……一个鸦雀无声的圆场，一片深绿的蒿草……我只知道外面的模样；我指的是上面，就是圆场以外的地方……那里没有人，我就沿着木板台阶跑着，转着圈，仿佛就跑在画片的斗牛场上，直爬到最顶上，极目眺望，远处一片墨绿，松涛飒飒作响，山雨欲来，海面上不时泛出白光。普拉特罗，我要把这一切永远留在记忆里。

就这样……我在那里待了多久？是谁把我带出来的？是在什么时候？我全不知道，也没有人告诉我，普拉特罗……不过人们谈起这事时都这样说：

"是的，城里是有过一个斗牛场，后来被火烧掉了……那时候许多斗牛士到莫盖尔来……"

101 回　声

　　这地方真美，总是有人来。猎人们从山里回来，走过这里，加大脚步登上土坎，这样他们就可以看得更远。他们说，强盗帕拉莱斯在这一带流窜时就在这儿过夜。旭日总是照着那红色的山岩；傍晚，有时不知从哪里来了一只山羊，爬到岩石上，呆呆地瞅着金黄色的月亮。牧场上，有一个水塘，黄色、绿色和玫瑰色的天空时而映照其间。水塘到八月就干涸了，调皮的孩子们一到这里，总是往水里投石子打青蛙或打水花玩儿，用不了多久，水塘就该堆满石子了。

　　回去的路上，我把普拉特罗拴在一棵角豆树的旁边，这棵树恰好在牧场的进口处，看上去黑乎乎的，树枝上挂满了枯干的刀形角豆。我用双手捂着嘴，对着岩石喊道："普拉特罗啊！"

　　岩石断然地回答我："普拉特罗啊！"不过它的声音听起来似乎更柔和，难道是被池塘的水给软化了吗？

普拉特罗立即转过身来警惕地抬起了头,身子动了一下,似乎想逃走。

"普拉特罗啊!"我又对着岩石喊了一次。

普拉特罗望了望我,又望了望岩石,然后张开嘴朝着天空连续不断地吼叫起来。

岩石几乎在同时拖长了声音,和它一样叫起来。

普拉特罗又叫了一阵。

岩石也叫了一阵。

于是,普拉特罗的脸阴沉下来,猛烈地转圈,它想挣脱缰绳逃走,弃我而不顾。直到我柔声细气地哄着他,牵着他,走到了仙人掌丛中时,他才慢慢地恢复了平静。

102 吓了一跳

　　孩子们正在吃饭。玫瑰色的灯光照在雪白的桌布上。桌子上的洋海棠和红苹果高兴地眨巴着眼，这些苹果就跟孩子们的天真纯朴的小脸蛋一样。小姑娘们吃起来细嚼慢咽，男孩子则像大人一样评头品足。坐在最后排的那个小姑娘像个年轻而美貌的妈妈，她正在甜蜜地笑着，给她怀里的布娃娃喂奶。

　　窗外，花园里，明亮的夜空挂着无数星星。这是一个寒冷的夜，难熬的夜。

　　突然间，一只白蝴蝶就像一束白光一头扎到妈妈的怀里。开头，孩子们一下子愣住了，然后便欣喜若狂，都起来捕捉蝴蝶，桌椅板凳噼里啪啦地倒下，一会儿又跟着蝴蝶拥到窗前惊异地望着。

　　普拉特罗自己在外边，它多寂寞呀！它把头伸到玻璃窗前，拖着长长的影子，像难过似的凝视着餐厅里的喧闹景象。

103 古 泉

在常青的松林里,泉水是如此洁白,在玫瑰色和天蓝色的曙光中,它也是如此洁白,在金黄色和淡紫色的下午,它还是如此洁白,在墨绿色和深蓝色的夜间,它依然是如此洁白。普拉特罗,这古泉的水啊!我多少次来到这里,久久地凝视着它,似乎化成了一块石碑或者变成了一座坟墓。泉水包含着世界上生命的真正哀歌。

我在泉水里看见了万神殿、金字塔和所有的教堂。每一眼泉水就是一座陵墓,一个精雕细刻的廊柱……泉水使我不能入睡。古泉的水啊,你总是这样美丽,在我打盹儿的瞬间都在变幻着你的千姿百态。

从泉水那里我能看到一切,而当我看到其他的一切,又总要联想到它。古泉总是充满和谐与秀丽,我可以双手捧起它全部的色彩和光亮。它是我全部生活的水源。它在鲍克林①画的希腊风景画上，在路易斯修士②的翻译作品里。它使贝多芬的痛苦充满了欢乐，它将米开朗琪罗的传统带给了罗丹。古泉是摇篮也是婚礼，是歌曲也是诗韵，是现实是快乐也是死亡。

今天晚上，它似乎死去了，普拉特罗，它躺在那里像喧闹和黑暗中的一具大理石身躯。它死了，但在我的心灵之中，却涌出了无穷无尽的泉水。

---

① 阿诺尔德·鲍克林（1821—1901），瑞士风景画家。
② 路易斯修士（1527—1591），西班牙作家，《圣经》西班牙文本的译者。

104 道 路

昨天晚上,落下了这么多树叶,普拉特罗,树好像倒过头来,将树冠冲着地,树根朝上地把自己种到了天上。你看,那白杨好像马戏班里玩杂耍的姑娘,把一头红发撒在地毯上,而举着美丽的细腿,穿着灰色的网袜,显得格外颀长。

普拉特罗,现在小鸟们在光溜溜的树枝上看到我们在金黄的落叶之间,就像我们在春天看着它们在绿叶之间一样。以前,树叶在上面唱着抒情的歌曲,如今,在地面上变作冗长而枯燥的祈祷。

普拉特罗,你看见了吗?现在田野上铺满了干枯的黄叶,可是等到下星期我们再经过这里的时候,就会连一片叶子也看不到了。我不知道它们消逝在什么地方,也许是鸟儿们告诉了它们一种美妙的消逝的诀窍,普拉特罗,你不可能如此,我也不可能……

105　松　子

　　卖松子的小姑娘，顶着太阳沿新街走来。她带着生的和烤熟了的松子。我去给我们俩买五分钱的烤松子来，普拉特罗。

　　虽是十一月，但阳光灿烂，天空湛蓝，使人搞不清楚是冬季还是夏季。灼热的阳光把血管烤得滚圆而鼓胀，像蓝色的蚂蟥……拉曼却的卖布郎，背着灰色的包袱，沿清洁而幽静的白街走来；卢塞纳的铜匠，挑的货担上不时闪着金光，走一步一叮当……阿雷纳来的卖松子的小姑娘挽着圆篮，靠着墙边姗姗而来，一面用一块炭屑在粉墙上面画着一条长长的黑线，一面拖着忧郁的声调叫道："烤松子！……"

　　一对恋人站在门口嗑着松子，女的挑个好的放到男的口中，男的也报之以同样的举动，他们的嘴角上都挂着会心的微笑。孩子们上学时一路走一路不停地用石头砸松子，记得我小的时候，冬天的下午常到马里亚诺的橘子园去，每次都带上满满一包烤松子。伙伴们都喜欢我的那把砸松子的折刀。那是一把用螺钿镶柄的折刀，上面刻着一条鱼，鱼的小眼睛是两颗小红宝石，从宝石上面可以看到巴黎的艾菲尔铁塔……

烤松子会在嘴里留下多么好的滋味，普拉特罗！它可以给你增添活力，带给你快乐，在寒冷季节里你会觉得浑身热乎乎的，变成了一尊永恒的雕像，雄赳赳地走着，一点也感觉不到身上厚棉衣的分量，甚至跃跃欲试要跟莱昂或者看车的曼基托去较量一下手腕呢，普拉特罗。

106　逃亡的公牛

当我和普拉特罗到橘子园里的时候，狮爪草上的霜花还没有消去，阴影里的峡谷看上去一片淡白。太阳还没有给明净的天空涂上灿烂的金光，小山冈上的橡树、荆豆清晰如画……时而传来一阵轻柔的嘈杂声响，我抬头仰望，是一大群椋鸟变换着美丽的队形向橄榄园飞来……

我鼓掌……有回音……曼努埃尔！……却没有人答应……忽然，听见了阵阵急促、粗犷而浑厚的声响……一种不祥的预感加速了我心脏的跳动，我赶忙和普拉特罗躲进路旁的老无花果树丛中……

原来是一头红色的公牛跑来了，一边跑一边吼着，走到山冈上停了下来，又发出一声令人毛骨悚然的吼叫，震裂了山谷，直射天空，而椋鸟们却毫不理会，依然在玫瑰色的天空中翱翔。我的心脏猛烈地跳动着，甚于鸟儿们的嘈杂声。

刚刚升起的太阳被尘埃遮住，变成了铜一样的颜色。公

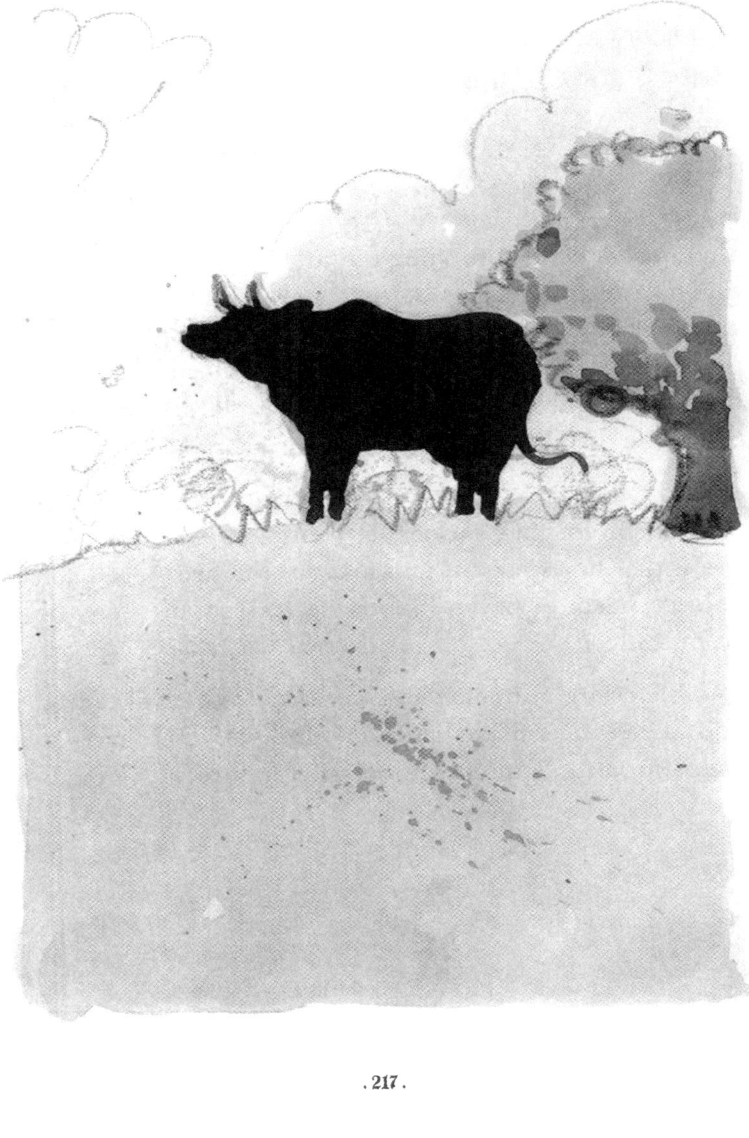

牛穿过龙舌兰来到一水坑边,低下头痛饮了一通,继而以勇士般的高傲和比原野还要雄伟的气势,离开那里朝山上走去,犄角上还牵挂着几根葡萄藤。我惊喜地看着它,披着金色的朝霞,消失在山冈上。

107　十一月的田野

天黑时,普拉特罗驮着烧火用的松树枝从田野回来了。它驮得那么多,几乎把它都埋在里面了。它迈着碎步,慢悠悠地一边玩一边走着……好像原地不动。它竖起两只大耳朵,耳朵眼就像两只蜗牛。

普拉特罗,多么可怕呀!这些嫩绿树枝刚才还好好地长在树上,随风飘动,一群群乌鸦、小鸟在枝叶间串来串去,月牙弯弯挂树梢,太阳照耀更美俏,可是现在被吹了下来,掉在了尘土飞扬的土路上!

一阵寒气带着松脂香随风吹来,一片凄凉的感觉。快要到十二月了,普拉特罗驮着松枝在田野走着,使人觉得有点神圣。

108 白 马

普拉特罗,我伤心地回来了。你看,当我走到弗洛雷斯街的波塔达时,也就是那对孪生兄弟被雷击死的地方,遇见了聋子的白母马奄奄一息。一些衣不遮体的女孩子不声不响地围在那里看。

女裁缝布丽达告诉我,聋子今天把他的母马带到屠宰场去了:他已经喂够了这匹马。你知道,它老得像胡里安先生一样迟钝,既看不见也听不清,几乎连路也不能走了……快到中午的时候,母马又回到了它主人的大门口。聋子一见到就火冒三丈,用棍子打它走,可它就是不走,于是他就拿出镰刀来砍它。这时人们都走拢来,母马无奈,在人们的哄笑和咒骂中逃开了,沿着街往上坡走,跛着脚,跌跌绊绊地走着。孩子们跟在后面叫喊,投石子……它终于支持不住倒下了,就在那儿被他们结束了生命。我感到怜悯和同情——让它安静地死吧——仿佛你,普拉特罗和我,都要死在那里一样。它倒在那里,像风暴中的一只白蝴蝶。

当我见到它的时候,那些石头还在,它已经僵硬得和周围的石头一样了。但它的一只眼睛是完全睁着的,而活着的时候那只眼睛却是瞎的,那时它好像在看着什么。慢慢黑下去的街上剩下的唯一的亮光就是它身上的白色。天色昏暗而寒冷,几朵玫瑰色浮云飘向远方。

109 闹新婚

说真的,普拉特罗,太有趣了,卡米拉太太身着红白相间的衣服,拿着教鞭和大张的字块在给一头小猪上课。她旁边是萨塔纳斯,一只手拿着一个装鲜葡萄汁的空酒囊,另一只手伸进她的口袋,正在掏她的钱包。我想,这几个纸人儿准是"小公鸡"贝贝和"小邮差"孔查做的,为此他们从我家里不知什么地方找出来几件旧衣服。佩比托穿着神父的衣服,骑着黑毛驴走在前面,跟在后面的是恩梅狄奥街的、富恩特街的、小街的、埃斯克里巴诺斯广场的、彼德罗·特利奥大叔那条街的所有的孩子们。这时一轮明月高挂中天,新婚夫妇在有节奏的音乐伴奏下穿过大街,而乐队是由孩子们组成的,他们正在起劲地敲打着铁罐、响铃、铁锅、铜盆、瓦壶,还有带把的沙锅。

你也知道,六十岁的卡米拉太太已经做过三次寡妇,而萨塔纳斯也是一个老鳏夫,不过他只做了一次,但却有幸过了七十个葡萄节，不知喝了多少桶葡萄酒。今天晚上真该到他们家关着的玻璃窗后面去偷听，窥探他和他的新娘子干什么浪漫事！

普拉特罗，闹新婚要连闹三天呢。然后，每个女邻居再到小广场的祭坛上把自己的东西取回来。圣像前面，灯火辉煌。喝醉的人们在跳着舞。接着几个晚上是孩子们放肆的吵闹，最后，只剩下一轮明月和爱情的故事……

110 吉卜赛人

你看,普拉特罗,她头顶太阳,沿街走来,衣衫单薄,昂首挺胸,谁也不看地一直往下走。冬天,她总是穿带白色圆点的蓝色花边裙,系黄披巾,壮得像一棵橡树,依旧保持着昔日的风韵,还是那样的潇洒!她到区政府去,请求批准他们在公墓后面的老地方建营地,你肯定记得那些可怜的吉卜赛人的破帐篷、篝火、散在四周的漂亮女人和骨瘦如柴的驴子。

那些驴子,普拉特罗!弗里塞塔的那些驴子,在厩栏里面,一听见吉卜赛人就缩成一团!我不必为普拉特罗担心,因为吉卜赛人若要去它的厩栏,还得跨过半个村庄,另外,打更的伦赫尔对我对它都很好——不过,为了逗乐,吓唬它一下,我就装腔作势地说:"进去,普拉特罗,进去!吉卜赛人会把你抓走的,我要锁门了!"

普拉特罗知道肯定不会被吉卜赛人偷走,蹦蹦跳跳地进

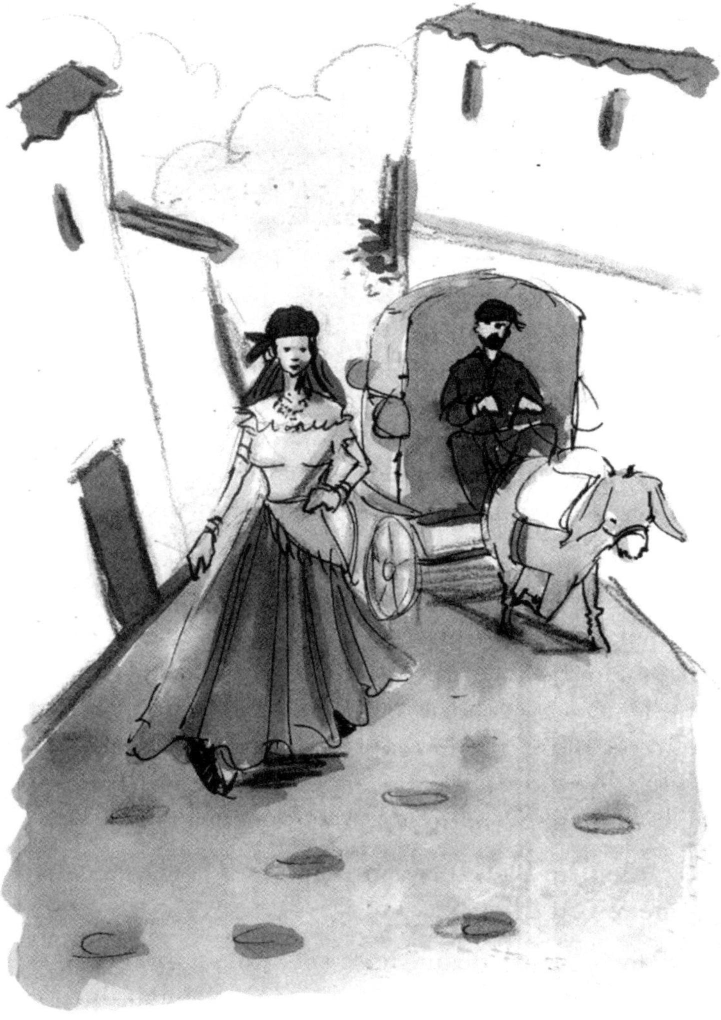

了栅门,随后,我用力地一关,铁门和门上的破玻璃震得嗡嗡响。它马上就跑了起来,穿过大理石的院子,奔向花园,箭也似的蹿进厩栏里去了——这笨蛋——跑了这么几步,还弄坏了蓝色的牵牛花。

111 火　焰

　　普拉特罗，你再往前靠靠，过来点，这里用不着讲什么规矩，你靠在房东的身边，他不会不高兴的，因为大家不分彼此。你也知道他的狗阿里是喜欢你的，至于我，那就更不必说了！普拉特罗，橘子园里一定很冷！拉波索祈求说："上帝保佑，但愿今晚不要把橘子冻坏了！"

　　你喜欢这火焰吗？普拉特罗！我想，没有任何一个裸体女人可以和火焰比美。什么样的秀发，什么样的肌肤，多么秀丽的大腿，都无法与这炽烈的火焰相比！也许大自然的万物中再也没有什么比火更好的了。房子外面的夜晚分外寂静，只有闪光的窗户通向黑洞洞的宇宙，普拉特罗，我们比田野本身更加接近大自然！火就是家中的宇宙，那通红的火焰就像是身上伤口中不断涌出的血液。火，给我们以热，给我们以铁，给我们文明。

　　普拉特罗，多么美丽的火啊！你看，阿里睁着活泼的眼睛望着它，似乎它也在燃烧着。我们被环抱在金光和影子的飞舞中。多么快乐啊！房屋也在跳跃着，忽大忽小，像俄罗斯人流畅的舞姿，那里面显出各种迷人的形象。树枝和鸟儿，狮子和水，还有山和玫瑰。你看，还有我们自己，不知不觉飘荡在墙上、地板上和天花板上。

啊！疯狂！沉醉！幸福！普拉特罗，在这里爱情本身就像是崇高的死亡。

112 休 养

我在家里休养。卧室里铺着地毯,墙上挂着壁毯,这些毯子多么柔软啊!房间里点着灯,发出橙黄色的光。我好像在睡梦中看着数不尽的星斗,听着夜幕笼罩的大街上孩子们在玩耍打闹,从田里回来的驴子在吼叫。

我脑海里浮现出许多驴头和孩子们可爱的小脑袋。我从毛驴的吼叫声中,分辨得出孩子们用清脆的嗓子欢唱圣诞节歌谣。

这时候,炊烟升起,散发出栗香。整个村子笼罩在畜栏散发的潮气和宁静田园的炊烟中……

我的思想的闸门打开了,就像一股天上的溪水一泻而下,涌进我的心窝。暮色苍茫,世间万物仍然存在;在这欢聚的时刻,不冷不热,千家万户灯火辉煌。

教堂的钟声悠扬地响着，传得很远很远，连星星那里也能听到。普拉特罗也被这钟声传染了，在畜栏里大叫起来，可是听起来好像它在很远很远的地方。我感情脆弱，感动得哭了。我太像浮士德了。

113　衰老的驴子

……总之,它是那样疲劳,

每走一步都要跌倒。

——民谣《阿尔卡伊德·贝莱斯的灰色战马》

我无法离开这里,普拉特罗。可怜的驴子啊,是谁把它遗弃在这里,没人理睬,没人照顾?

它大概是从屠宰场里走出来的。我想它既听不见也看不见我们:你看它,今天早晨我就看见它待在围墙这里。这头饱经沧桑的干瘦驴子,站在白云下面,身上爬满了苍蝇,太阳却依旧照耀着这美丽的冬日。它用四只跛了的脚慢慢地转着圈,摸不清方向,最后又回到了原来的地方,只不过换了个位置,早晨它面对西方,现在面对东方。

这是老年的困境,普拉特罗!它是你的可怜的朋友,它是自由的,但却不能离开,哪怕春天在向它招手。难道它像是贝克尔①一样，虽然死了，却继续站着？一个孩子可以将它静止的轮廓画在黄昏的天空上。

看哪……我推，它不动；我喊，它也听不见，好像是在地上生了根……

普拉特罗，在那高高的围墙下面，今晚它会在北风里冻死的，我不忍心离开这里。可是，我爱莫能助，普拉特罗……

---

① 古斯塔伏·阿多尔弗·贝克尔（1836—1870），西班牙诗人，备受希梅内斯崇拜。

114 黎 明

冬天到了，冬夜的黎明来得特别晚，连公鸡也等得不耐烦了，刚见到黎明的第一缕光辉，就高兴地歌唱着向它致意；这时候，我的普拉特罗早就醒了，雄鸡一唱，它也扯着嗓子叫了起来。

天慢慢地亮了，柔和的光线已经照进了卧室。我盼望天快点亮，甚至当我仍然睡在软绵绵的床上的时候，我就想到太阳了。有时，我甚至想：如果普拉特罗不跟着我这个诗人的话，肯定会和烧炭翁的毛驴一样早就起来了，主人赶着它沿着冻得又硬又滑的崎岖山路到深山老林偷松枝，或许它和那些到处流浪的吉卜赛人的毛驴一样，干这干那，又驮又拉。他们高兴时，把驴子的全身都涂上颜色；要是不高兴，怕毛驴困了把他们从驴背上摔下来，会用大头针扎它们的耳朵；有时，甚至把它们宰掉，吃它们的肉。

普拉特罗又叫起来了。你知道我在惦记着你吗？这是至关紧要的事呀!黎明伸开了双臂拥抱你,你如果想着我的话,我的心既感到欣慰又感到高兴。

噢!尽管天冷,可是谢天谢地,它睡觉的栏是柔软而温暖的,宛如小孩的摇篮,这正是我所希望的啊!

115 小 花
——献给我的母亲

母亲告诉我,外婆特雷莎死的时候,嘴里念叨着花的名字。普拉特罗,我不知道怎么把这件事跟我儿时梦中见过的五彩缤纷的星星联系在一起,但是我始终记得,她呓语中说的那些花,是玫瑰色的、天蓝色的和紫色的马鞭草。

我常在庭院的铁门前面,透过彩色玻璃去观望变成蓝色或暗红色的太阳和月亮,只有那时,我才能看见外婆特雷莎。她总是弯着腰,看着天蓝色的盆花和白色的花坛,无论是八月午睡时的烈日下或是九月的风雨中,她总是那副样子,始终也不回过头来——所以我怎么也记不起她的脸是什么模样。

普拉特罗,我母亲说,她在呓语中始终叫着一个园丁的名字,普拉特罗,大概就是曾经带着她在花园里散步的园丁。我记得她正沿着花径向我走来;我永远忘不了,她是那样地爱好花草。现在,她走过的那条小径两边,全种上了她喜欢的花草——香水草、马鞭草,这些天蓝色、玫瑰色和紫色的花草,在我儿时的梦境中又总是与夜空中的流星同时出现。

116　圣诞节

田野上点起了火堆……这是12月24日,圣诞节的下午。天上虽然没有乌云,可天并非蔚蓝,有点灰暗。在那阴暗的天空中,太阳显得软弱无力,无精打采,无所作为。突然,那些刚刚燃烧着的绿树枝发出噼噼啪啪的响声,接着一股股浓烟像一串串白色的貂鼠一样腾空而起;一会儿,烟没了,柴火烧着了,火舌呼啦呼啦地响着,火光冲天。

火借风势,风助火威。这火焰多么绚丽呀!有黄色的,紫色的,蓝色的……可是霎时间,火焰不见了,朝着深沉而又神秘莫测的天空飞去了,丢下一股烟味在寒冷的夜空中飘散。十二月的田野似乎也变得暖和些了。对有钱的人来说,这是一个多么幸福的夜晚啊!只听到他们举杯祝酒、开怀畅饮的欢闹声。

透过周围温暖的空气,但见远处的景物一晃一晃的,恰似一块抖动的玻璃。这时候,附近那些穷孩子都来了,对他们来说，圣诞节无关紧要，一个个哭丧着脸，怪可怜的，围着火堆烤那冻得僵硬的小手，还不时地往火堆里扔橡子和栗子。不一会儿，橡子和栗子烧爆了。他们多高兴呀，马上围着火堆跳起来，边跳边唱：

走啊，玛丽亚；
跳啊，何塞……

我把我的小毛驴普拉特罗牵来，让他们跟它玩个痛快。

117　里贝拉街

我就出生在这里,普拉特罗,现在它成了宪警营房。小时候,我是多么喜欢这个造型别致的摩尔式阳台,它是由建筑师加菲亚设计的,上边还镶着彩色玻璃!通过铁栅门,可以看得到后面庭院里许多白色和淡紫色的丁香花,旧得已经发黑的木栏杆上挂着一串串蓝色的金钟花。这些都是我儿时的欢乐。

普拉特罗,每到下午,在佛洛雷斯街的拐角处,穿着蓝呢子的陌生的水手们,便成群结队地聚集在大桥上,远看,就像十月的田野。我那时觉得他们是一些巨人,由于航海的习惯,他们喜欢双腿分开站着。桥下河水闪闪发亮,岸边的沙滩则耀眼发黄,一叶扁舟荡漾在清澈的小河上,西边的天空上飘浮着暗红色的云朵……后来,我们搬到了新街,因为过往的水手们总是拿着折刀,而孩子们则常在夜里把门灯和门铃搞坏,而且街角那边风很大……

从窗户上面还可以看到大海。我永远忘不掉有一天夜里,大家到了窗口,人人怀着紧张而惊讶的心情看着海上一条英国船被烧掉……

118 冬 天

上帝住进了水晶宫，我是说外面下着雨呢！你瞧，普拉特罗，确实在下雨。秋天，大多数花儿都凋谢败落了，只有那些经得起考验的花儿仍然开放。然而，它们的枝叶也不像先前那么青绿欲滴了。每一朵花上都挂满了透明的珠子。每一颗珠子就是一个天穹，里面都有一个水晶宫，或许，还有上帝在里头呢！你瞧，这朵玫瑰花，你要是一摇晃，它身上披挂的水珠就掉下来了，像是花儿的灵魂一样。它似乎感到悲切，不言语；我也像它，无话可说。

小朋友见了雨水，就像见到太阳一样高兴。瞧，他们在雨中玩得多开心呀！一个个水淋淋的，在雨中跑来跑去。一群麻雀也吵吵嚷嚷地飞到了树上，正如给你治病的达尔翁医生说的："它们到学校上课去了。"

雨还在下着，今天我们不能去田野了，那就让我们在家中赏雨吧。你看，雨水怎样从房顶上的瓦沟里哗啦哗啦地往地上流啊！那些绿色的花叶被雨水洗得多干净呀！小朋友们的纸船，昨天还在草丛中，今天却都航行在水沟里。你再往天上看，太阳时隐时现，阳光不那么耀眼；你再看从教堂后面升起的彩虹，光怪陆离多么漂亮，宛如一条五彩缤纷的彩带横贯苍穹，它的尾巴就在咱们身后。

119 驴　奶

十二月清晨，寒风阵阵，钟声奏鸣，行人稀少，咳嗽声不停。七点钟的空车刚刚开过，铁窗的颤动声把我惊醒……难道是瞎子又像往年一样把他的母驴系在了窗上？

卖牛奶的妇女胸前抱着瓦罐和铁筒，一边顶着寒风匆忙地走着，一边叫卖她的珍宝，而瞎子的驴奶专门卖给感冒患者。

毫无疑问，瞎子因为失明，看不清他的母驴。如果看得见，他就会发现母驴每时每刻都在走向死亡。母驴与它主人的瞎眼睛没有什么两样；一天下午，我和普拉特罗经过阿尼马斯峡谷时，看见瞎子正在用棍子狠狠地抽打那可怜的母驴，一边还不停地咒骂，母驴无可奈何地在草地上跑着。我觉得他的咒骂声快要把城堡摧垮了……可怜的老母驴，为了不再怀胎，保卫自己的命运，像俄南①那样将一头公驴的礼物流洒在这片不能生育的土地上……然而瞎子为了维持他艰难的生活，却一定要母驴站在那里再一次获得生育的能力，为他挤出甜美的药乳。一旦驴驹出生，他就把母驴的鲜奶卖给老人，换取一文小钱，或者得到一句诺言。

母驴被系在窗户铁栏上，正在那里可怜巴巴地磨牙齿。对于那些靠它的奶汁过冬的老人们、烟鬼们、痨病鬼们和醉鬼们来说，母驴等于是一个小得可怜的药店。

---

① 《圣经》故事，俄南违抗父命，不愿和寡嫂结婚。见《创世记》第三十八章。

120　寂静的夜晚

入夜,那些白色的屋顶直插蓝天。天上布满了星星,像一座寒宫。北斗七星静悄悄地高挂在北方的天上,它纯洁而又高尚。

人们都觉得浑身发冷,于是躲到屋子里把门窗关得紧紧的。我和普拉特罗可不怕冷。我对它说:

"你瞧,你有一身绒毛,背上还搭着我的被子;而我,有一颗火热的心!"

我们沿着一条埋没在寂静的山林之中的小路走啊,走啊……

我心中蕴藏着多么巨大的力量呀!我的心就像一座高大的银顶石塔。你瞧,天上有多少星星呀!简直就像一个星的海洋。也许人们会说,天神和大地是天生的一对吧?

普拉特罗呀,这夜多么纯洁呀!我愿把我的一生献给它,但愿你也为它的纯洁而献出一切!

121　芹菜帽子

看看谁先到！

奖品是我刚刚收到的从维也纳寄来的一本画册。

"看看谁能最先跑到紫罗兰那里！一……二……三！"

在一阵快乐的叫喊中，穿红裙子和白裙子的小姑娘们顶着黄灿灿的阳光跑了起来。在短暂的平静中，她们这时呼哧呼哧地喘着粗气拼命跑，钟楼上的大钟敲响了，仿佛在为她们加油。小山上的松涛声，泉水哗哗的流淌声，与姑娘们的脚步声混为一体。当小姑娘们经过第一棵橘树的时候，在那里偷懒的普拉特罗被她们的游戏感染了，也跟着她们蹦蹦跳跳地跑起来，小姑娘们为了不致落后，连抗议和欢笑都来不及……

我叫着："普拉特罗要赢了！普拉特罗要赢了！"

果然，普拉特罗最先到达紫罗兰那里，接着就在那里的沙地上打起滚来。

女孩子们上气不接下气地走回来了，趿拉着袜子，披头散发，抗议道：那不算！那不算！当然不能算，当然不能算！

我告诉她们：普拉特罗是赢了，应该奖励，但是它不会看书，这本书留下来作为她们下次赛跑的奖品。不过，普拉特罗也应该得到奖赏。

她们知道书总归是她们的，所以都红着脸，拍手跳着说："对，对，对！"

这时我想，我写诗得到奖赏，普拉特罗既然最先到达了，也应该得到奖赏，于是，我就在门口女管家的篮子里拿了一把芹菜，做了一顶芹菜帽子戴在它头上，仿佛给一个斯巴达克勇士戴上了花环。

122　东方三博士[①]

普拉特罗，孩子们今晚多幸福啊！简直无法让他们睡下，最后熬不住，还是让瞌睡虫给征服了。一个躺在扶手椅上，一个躺在壁炉旁的地上，小姑娘布兰卡靠在矮椅子里，贝贝睡在窗台上，不让东方三博士从那里溜走……现在，他们幼小的心灵里充满了各种奇妙的幻想。

晚饭以前，我与大家一起扶着螺旋形楼梯爬到了平台上，要是在夜里一个人往上爬时谁都会害怕，可现在，孩子们高兴地喊叫。"我一点也不怕，贝贝，你呢？"布兰卡一边说，一边用力紧握着我的手。我们把所有的鞋子都放在平台上的香橼之间。普拉特罗，现在我们化装去。蒙特玛约，玛利亚·特莱莎，洛利利亚，佩里科，还有你和我，大家都

[①] 基督教传说，耶稣于12月25日夜诞生，1月6日，东方三博士来朝拜。当夜送给孩子的礼物，都放在鞋子里面。

披上被单、毯子，戴上旧帽子。到十二点钟时，大家化好装后，拿着灯从孩子们的窗下走过，敲打着铜钵，吹着喇叭和海螺，就是那只最大的海螺。咱们俩走在前面，我戴上白麻做的胡子，装成加斯帕尔；你披着从当领事的叔叔家里拿来的哥伦比亚国旗……孩子们忽然醒了，一个个穿着睡衣紧张而惊异地出现在玻璃窗的后面，不过，一会儿他们又懒洋洋地躺下了，继续做他们的美梦去了。第二天，当日上竿头，耀眼的阳光爬上窗户的时候，他们就会一跃而起，穿着睡衣，跑上阳台，去占有所有的玩具。

去年，我们把肚皮都笑痛了；今天晚上，你瞧着，我们要好好乐一下，普拉特罗，我的小骆驼！

123 金 山

现在的蒙都里奥,被挖沙子的人搞成了日益贫瘠的红山冈,可是从海上看,却好像是黄金一样,所以罗马人给它取了个超凡而又响亮的名字——金山。经过这里到风车磨坊,要比由公墓走近得多。那里到处都是遗迹,在葡萄园翻地的人发现过骨头、钱币和陶罐。

哥伦布并没有给我家带来多少财富,普拉特罗,当然,他曾在我家住过[①]。他在圣塔克拉拉教堂领过圣餐,这棵棕榈树就是他那时代栽的,他还在别的地方住过……有什么奇怪呢?你知道,他从美洲给我们带来了两件礼物[②]。使我高兴的还是躺在我脚下面的罗马人,他们建造的混凝土城堡坚如磐石,用十字镐也刨不动,这是多么伟大的业绩呀!

[①] 哥伦布由莫盖尔的帕洛斯港出发去美洲远征。
[②] 指烟草和梅毒,来自美洲。

我永远也不会忘记，在我很小的时候，有一天知道了山名的拉丁文含义：金山。忽然，我觉得蒙都里奥高尚起来，我对贫困的莫盖尔怀有深厚的感情，我感到自豪和骄傲。这古老的教堂和城堡的遗迹，最能引发我的怀古之情，我仿佛找到了传世之宝，莫盖尔仿佛就是一座金山，普拉特罗，无论活在世上还是长眠于地下，你也应该感到满足而自豪。

124　酒

　　普拉特罗,我告诉过你,莫盖尔的灵魂是面包。不对,莫盖尔像是一只又厚又重的玻璃量杯,全年都在蓝色的天穹下等待着黄金般的美酒。到了九月,只要魔鬼不来破坏节日,这只杯子里的酒就会一直满上来,几乎要四处流溢,像一颗慷慨的心。

　　到那时,镇子上处处弥漫着各种酒香,碰杯声不绝于耳。白天在太阳的照射下,各种颜色的酒显得分外迷人,而当落日夕照时,每户人家的门口都摆满了酒,仿佛都要与莫盖尔一比高低,在酒店柜台上摆满了各种各样的酒。

　　我记得透纳[①]的《懒泉》像是用柠檬黄的新酒画成的,莫

---

① 约瑟夫·透纳(1775—1851),英国画家。

盖尔就是酒泉，从泉眼下流淌出来的是血样的美酒。酒能给人们以欢乐，也能带给人以悲伤，就像四月里的太阳，有人高兴它的到来，也有人不高兴它的光临，但是它每天早晨照样升起，傍晚依然降落。

125 寓 言

从孩提时代起,我就本能地讨厌寓言。我对寓言就像对教堂、宪警、斗牛士和手风琴一样反感。寓言家借动物的嘴胡说八道,像自然史课的玻璃柜里发臭的寂静一样,令我讨厌。正如那位黄脸皮而又患感冒的先生说的,它说的每一个字,好像一个玻璃眼珠,一段假树枝,一截金属线。后来,我在塞维利亚和韦尔瓦的马戏里看到了驯服的动物,学生时代我对寓言的印象又出现在眼前,恍若青春时代的一场噩梦。直到我成人以后,普拉特罗,一个叫拉封丹[①]的寓言家使我和会说话的动物讲和了。你听我讲过多次,他有一首诗,有时我觉得真正是乌鸦、鸽子或者山羊的声音,然而,对它结尾的警句,我一向不屑一顾,像一条枯燥无味的尾巴,一支笔掉在纸上造成的污点。

---

① 拉封丹(1621—1695),法国寓言作家。

当然，普拉特罗，你不是一头通常含义的驴子，也不是西班牙科学院编的字典中解释的那头驴子，你是一头我所熟悉和了解的驴子。你有你自己的语言，它不为我所有，就像我没有玫瑰的语言，玫瑰也没有夜莺的语言一样。因此，你不必害怕，我永远不会在我的书里把你变成一个寓言家的多嘴滑舌的英雄，把你的表情和叫声跟狐狸或者麻雀编织在一起，以便最后能写出寓言家的空洞而枯燥的道德结论。绝对不会的，普拉特罗……

126　狂欢节

普拉特罗今天可真漂亮!

今天是星期一,是狂欢节开始的第一天。童男童女都穿上了节日盛装,戴上了假面具。他们还把普拉特罗精心打扮了一番,给它戴上了阿拉伯式的笼头。笼头是用红、白、蓝、黄等各种颜色的丝线绣成的。

下午,太阳挂在高空。刚刚下过雨,感到余寒袭人。狂欢的人们用五颜六色的纸球打着玩,纸球落到地上,在路边滚来滚去。有一些戴假面具的人,随便用什么就能做成小口袋,然后递给那些要口袋的人,他们一个个都伸着一双蓝色的大手去接。

我们来到广场,看到一些衣饰特殊的妇女。她们穿着长长的白衬衣,头上戴着配有绿叶的花环,乌黑的头发乱蓬蓬的。她们一见到普拉特罗就把它围住了,绕着它跳呀,闹呀,高兴极了。

普拉特罗被弄得不知该如何是好，它竖着耳朵，昂起头，就像一只陷在火坑里的蝎子，紧张得东闯西突，无处逃生。因为普拉特罗很小，疯子一般的女人也就不怕它。她们围着它转，又是唱，又是跳，笑声不断。小孩子们发现普拉特罗被围在里面，就学驴叫，勾引它也大叫。整个广场沉浸在一片欢乐声中，这声音宛如一首协奏曲，有鼓声、锣声，有歌声、笑声，还有石磬声，不太协调的驴叫声……

最后，普拉特罗像个男子汉大丈夫似的下了狠心，冲出了人群向我奔来，它哭泣着，华丽的丝线笼头也掉下来了，它和我一样，不喜欢这样的狂欢节……我们玩不惯。

127 莱 昂

  我和普拉特罗顺着蒙哈斯广场的石凳,分开两边,慢慢地走着。时值二月,下午十分温暖,令人感到舒畅。临近黄昏时,我觉得有人跟在我们身后,一回头,我的目光正好迎上了这句话:"堂胡安……"原来是莱昂拍了我一下。

  是的,他就是莱昂,他要参加傍晚音乐会的演出,已经穿上方格呢西装,还洒了上等香水,脚上是白线缝制的皮鞋,上衣的小口袋里插着一块绿丝手帕,下面夹着一对发亮的铜钹。他拍了我一下,对我说,上帝赐给人以各种本事,像我,给日报写文章……他呢,有敏锐的听觉,所以才能……"您看,堂胡安,铜钹这个乐器最难……唯有我打起来不用乐谱……"如果他要用他的听觉使莫德斯多难堪,他就在乐队演奏新乐曲之前用口哨先吹起来。"您看,每个人都有自己的才能……您在日报上写文章……我有比普拉特罗还要大的力气……您摸摸这里……"

他把他那又老又秃的头伸给我看,他的头无异于光秃秃的卡斯蒂利亚高原,头顶中间有一块硬邦邦的结疤,这是他从事辛苦职业的明显印记。

他拍了我一下,跳了一步,又挤了一下麻脸上的眼睛,吹着口哨走了,不知道吹的是什么进行曲,毫无疑问就是今晚要演奏的新乐曲。忽然,他又转过身来,给了我一张名片:

莱 昂
莫盖尔搬运工会主席

128 风 磨

普拉特罗,那时候,在我眼里,这个水池是多么大啊,觉得那块红沙丘也像罗马剧场那样高!难道水池里倒映着的松林,就是后来在我梦境中多次出现的美丽形象?我就是从这个阳台上,在灿烂阳光交响乐中,清楚地看见过我一生的全部美景?

是的,那些吉卜赛女人仍然健在,对斗牛的恐惧依然如故。和以前一样,在那里有一个孤零零的人——或是另外一个相同的人?——是一个喝醉酒的该隐①,在我们走过的时候,他嘴里咕哝着一些毫无意义的话,瞪着他那只唯一的独眼,向路上张望,看看有没有人来……但马上又将目光收回,这是遗弃,也是欢乐,然而,这是多么新鲜,又是多么凄苦!

---

① 该隐是亚当和夏娃之子,出于忌妒而杀死了自己的弟弟亚伯。

普拉特罗,在它的目光回到自己身上之前,我觉得这幅情景曾经在库尔贝①还有鲍克林的画上见过,那是我幼年时迷恋的东西。我总想画它美妙的光彩,秋天落日的殷红,水池里小松林的倒影……可是,现在留下的只有黄花野草作点缀了。我童年时代的美妙回忆永远不会消失,它像一张丝光纸,永远闪闪发亮。

---

① 居斯塔夫·库尔贝(1819—1877),法国画家。

129 塔

不,你不能上塔,你太大了。如果是塞维利亚的希拉尔达塔就好了!

我多么希望你能够上去啊!在那里,从钟楼的阳台上,可以看见村子里白色平房顶和上面的彩色玻璃顶棚,还有花盆里盛开的鲜花。然后再到南面的阳台,就是上次吊上大钟时碰坏的那个阳台,从那里可以看到城堡里的院子,看到狄斯莫,还能看到潮汐中的海面。更上一层,就到了挂钟的地方。从那里,可以看到四个村子,也可以看到去塞维利亚的、去里奥廷托的、去贝尼亚的火车。然后你钻过被电击坏的铁栏缺口,甚至可以摸得着圣胡安娜的脚。你将头伸出神龛的洞口,一下子就出现在金光灿烂的瓷砖中间,正在教堂广场上玩斗牛的孩子们准会大吃一惊,接着他们就会尖叫着从下面向你飞来。

唉,可怜的普拉特罗,你得放弃多少荣耀啊!你的生活是那么的朴实,就像通往老公墓的那条短短的道路。

130　沙贩子的驴

你看，普拉特罗，克马多的那些驴子，麻木而消沉地驮着一堆堆得尖尖的红沙，上面插着用来鞭打它们自己的绿色橄榄枝，就像插在它们的心里一样……

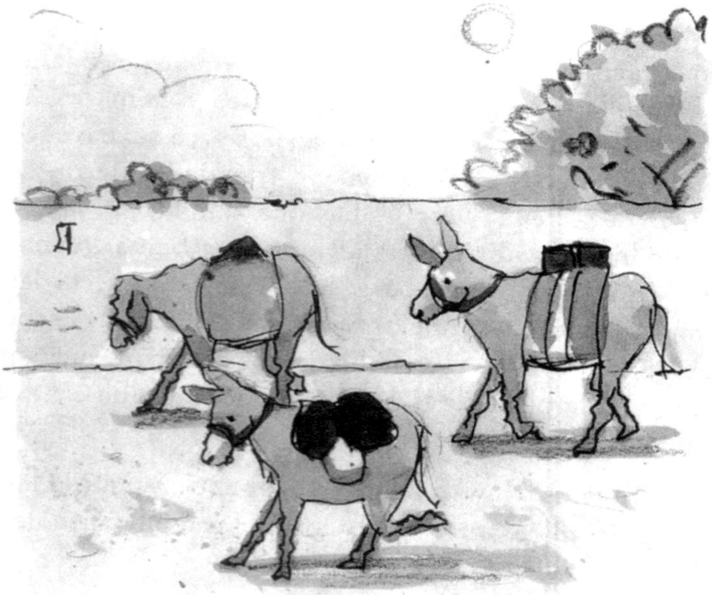

131　情　歌

你看，普拉特罗，它转着圈飞舞，像马戏班的小马绕着马戏场里的花园转了整整三圈，仿佛这一片甜蜜光海里唯一的白浪，飘过了围墙。我想它正越过石灰墙，在野玫瑰花丛中飞翔。你看它又到这里来了，看上去好像是两只白蝴蝶，但白色的是它，黑色的是它的影子。

普拉特罗，它是那么美，就像你的眼睛一样迷人，它是夜空的星星，是玫瑰，是蝴蝶，是花园的泉。

普拉特罗，你看，它飞得多好看。它这样飞，有多快活，就像我，真正的乐趣在诗歌。它沉醉在飞翔之中，从它的身体直到它的灵魂。在这个世界上，我是说在这个花园里，还能有什么比这更重要的呢？

别出声，普拉特罗……你看它，飞得这样美，这样亲切，这样畅快！

132　普拉特罗死了

一天,我突然看到普拉特罗躺在一堆稻草上。两只眼睛无精打采,一副难受的样子。我赶忙走过去,用手抚摩着它,和它说话,想叫它站起来……

它,我可怜的普拉特罗,使劲地挪动了一下,就弯下了前蹄跪在地上……它起不来了。我让它伸开前蹄,放到地上,不停地抚摩它。我马上打发人去找医生。老医生达尔翁一到就扒开了普拉特罗的没有牙齿的大嘴,一直使它张到脖子后头,然后又晃晃它那僵硬的头,接着放下了。它的脑袋就像钟摆一样无力地垂到了胸前。医生对我说:

"唉!不行了。"

我不知回答了些什么……

我的普拉特罗多倒霉呀!它要离开我啦。可是它什么病也没得呀?我没有发现它哪里疼痛过……难道是因为它吃了有毒的草根?那些草根上只不过有点泥土罢了。

中午，我可爱的伙伴断气了。它的那个原来像棉花一样软绵绵的肚子，这时候鼓得老大，像个硬邦邦的大冬瓜；四脚朝天，一点血色没有。它身上的毛，就像旧布娃娃的绒毛被蛀虫咬了一样，用手一摸，直往下掉，多叫人伤心、多叫人难受呀！

……

畜栏里现在寂静无声。一束阳光从窗户射进来，里面显得格外明亮。一只美丽的三色蝴蝶在里面飞来飞去……

133 怀　念

普拉特罗呀，你能听到我们吗？

你果真能听到果园里的水车汲水的欢声笑语吗？傍晚，你看得见勤劳的蜜蜂在紫绿色的迷迭香中间忙忙碌碌地采蜜吗？这棵迷迭香在夕阳的照耀下，有时变成玫瑰色，有时变成金黄色。

普拉特罗，你真的能看到我们吗？

你能看到古泉山的半山腰上有毛驴在走动吗？它们是那些洗衣妇的，你瞧，它们无精打采、一瘸一拐的那副疲劳相！它们越走越远了，就好像走到了天地相接的地方。原来蓝色的天空，现在变成水晶的啦。

普拉特罗，你真的能看到我们吗？

你能看到孩子们在灌木林中追逐嬉闹吗？你能看到花丛中有许多蝴蝶飞来飞去吗？它们的翅膀上还点缀着一个个红点点哩。

普拉特罗，你真的能看到我们，是吗？

是的，我相信你能看到我们。而我呢？也确确实实听见你，有时从西边晴朗的天空里，有时从山上的葡萄架下，发出令人伤心而娇嫩的叫喊声……

134　小木驴

普拉特罗死了以后,我把它的笼头、缰绳和小椅子都放到了一条木驴身上,我把这些东西带到了"大谷仓"附近。过去小朋友们常来这里玩耍,可是现在他们把此地忘记了。这儿宽敞、幽静,充满阳光。在这里可以把莫盖尔的旷野一览无余。左边是红红的风车,对面是蒙特马约尔山,山上松树郁郁葱葱,一座白色的山庙镶在其间;庙后就是那个有点神秘的"菠萝"果园;西面是耀眼的无边无际的大海,水天相接,波浪滔滔。

放假的时候,孩子们总喜欢到"大谷仓"玩耍。他们弄来许多小凳子,摆到一起,东倒西歪的,当作小汽车,开着玩;有时,他们就弄些报纸,染上各种颜色,做成玩具啦、戏台啦、教堂啦、校舍啦……什么都做;有时候,他们就骑在木驴上,手舞足蹈,又说又笑,好像真的骑着一头驴在草原上奔驰一样,一边喊着:"嘚儿,驾!"

135 忧 愁

这天下午,我带着小朋友们来到"松球"果园瞻仰普拉特罗的坟墓。它的坟墓坐落在一棵大松树下。时值四月,墓地周围的土地上盛开着许多黄色的百合花。

蔚蓝的天空里,一群小鸟在歌唱,它们的歌声比较低沉,然而,在这春光明媚的下午,听起来却非常悦耳,就像一个初恋的人做了个甜蜜的梦那么美。

小朋友们陆陆续续来到普拉特罗墓前。说来也怪,一到跟前,他们马上就不吵不闹了,变得很安静很严肃,一个个瞪着亮晶晶的小眼睛瞅着我,好像有一大堆问题要向我提。

我对着普拉特罗的墓说:

"亲爱的普拉特罗,如果你真的像我想象的那样,你现在在天上的牧场上,你的背上驮着一些小天使,那我也就心满意足了。也许你把我忘记了吧?请你告诉我,你还记得我吗？……"

我突然发现一只白蝴蝶在墓前飞来飞去。明明先前我没有看到它呀？难道它就是普拉特罗的灵魂吗？

1907年于莫盖尔

136 后 记
——献给安息在莫盖尔天上的普拉特罗

普拉特罗,你是一头多么好的毛驴呀!跑得快,又听话。你常常驮着我在那长满了仙人掌、锦葵子和金银花的山间小路上奔跑。这本书是我奉献给你的,现在你该懂了吧?

莫盖尔的美丽风景带着我的灵魂,也踏着开满鲜花的大道飞到了天上,去和你做伴。你的灵魂更加高尚、纯洁、可敬。

傍晚,当黄鹂和乌鸦飞来飞去的时候,我沉思着穿过松林,漫步来到你葬身的松树下。你,普拉特罗,你在那些永不凋谢的花丛中安息。你可能看到了我停在百合花前。这是你那腐烂了的心开放的百合花。

137　硬纸板毛驴

普拉特罗，一年多前，我为怀念你而写的《普拉特罗和我》在大人们的刊物上登载了。之后，我的一个朋友，当然了，她也是你的朋友，就买了这个硬纸板小毛驴送给了我。你从天上看得见它吗？你瞧，它的底色是黑的，身上有白条条，是一头黑白相间的毛驴。它的嘴巴是黑色的，但是嘴里边则是红色的。它昂首站立在一个木底盘上。它的周围装饰着六朵玫瑰花，有黄色的，还有白色的。你知道这些花是丝绢做成的吗？底盘下有块蓝木板，木板下装着四个轮子，轮子一动，它便摇头晃脑地走了起来。

看到它，我就想起了你，普拉特罗。我真的喜欢上了这个玩具小毛驴。凡是进我书房的人见到它都禁不住笑着说：这不就是小毛驴普拉特罗吗？当然，偶尔也有不知道它的人，我便告诉它：这就是我的普拉特罗。因此，我现在一看到它就感到无比亲切。虽然，经常是我一个人独自坐在书房，但我感到你总是在陪着我，你的一双大眼睛深情地注视着我。

真的是你吗？普拉特罗。人的心灵真是太奇妙了！我觉得这个纸板小毛驴就是你的化身。

1915年于马德里

138 献给在地下安息的普拉特罗

等一下,普拉特罗,让我来跟你做伴。我感觉你并没有死,好像什么也没有发生过。你仍然活着,我和你在一起……我孤身一人来到你身边。那些曾经与你玩耍的男孩子都已长大,成了男子汉;而那帮围着你转的小姑娘们也都长大,成了妇女。现在,谁知道他们一个个都流落在何处呢?此刻,我就站在你的身边,我感觉你也在注视着我。只有我们俩心心相通,其乐融融。

心啊,普拉特罗,我的心里有你就足够了!但愿往昔与你嬉闹的孩子们心里也有你,但是,我知道他们是不会这样想的。也许这样,他们就不那么难过,从而也就忘却我对不住他们的地方。

说起这些事我多么高兴呀!只有我们俩心有灵犀一点通……我无论何时何地都会永远记住你的,你就像一朵茉莉花那样芳香扑鼻、沁人心脾。

你，普拉特罗，虽然你独自在此地安息，但你永远活在我心中。我感到你就像冬日里的阳光温暖着我的心。

1916年于莫盖尔

译后记

记得四十年前,在哈瓦那大学留学时,给我们讲西班牙文学的教授讲到胡安·拉蒙·希梅内斯的《小毛驴之歌》时,她顺口吟咏了此书的开头一段。她的声音那么甜美悦耳,我们听得如醉如痴。就在那一刻,我的内心便萌发了要去拜读此书的西班牙语原文版,并把它译成中文的想法。后来,经历"文化大革命"的洗礼,既无胆量也无兴趣去欣赏外国文学作品。直到20世纪80年代,我才终于把它从衣箱的底层找了出来,开始一章一章翻译它。

坦率地说,我对毛驴情有独钟。这得从解放前说起:我那时八九岁,我们家也有一头毛驴,它也是银灰色的。它可是我们那个农家的顶梁柱。春天,靠它往农田里送粪;秋天,收获的季节,我赶着它从地里往家驮地瓜、花生、玉米……它总是默默无闻俯首听命,你给它装多少,它驮多少。虽然,爷爷对我说,空驮时,我可以骑上它休息休息,但是我怎么能狠心去骑它呀!爱它还爱不够呢!它成了我的伙伴，我的不会说话的朋友。只要我发现路旁有好的青草，我便用小手拔起来放到它的嘴巴下让它吃，看着它吃得津津有味，别提我有多得意了；它高兴的时候，就用头拱拱我，我就抱着它的头，说几句夸奖它的话。

然而，1943年秋天，日本侵略者打到了胶东半岛，对我们家乡进行大"扫荡"，实行"三光"（杀光、烧光、抢光）政策。我们流离失所，在一次大逃亡中，被日本鬼子堵在了山沟里，我那可爱的小毛驴被日本兵残忍地抢去了。我爷爷哭喊着拼命往后拽，似乎懂事的小毛驴也拒不跟日本鬼子走。最后日本兵拳脚相加，打得我爷爷倒下了。更令人不能容忍的是，他们竟朝我爷爷肚子捅了一刺刀，我亲爱的爷爷瘫在了地上，鲜血流了一地，他被日本人残忍地杀害了。而我们那只可爱的小毛驴成了日本鬼子餐桌上的美味佳肴。

现在在城里长大的孩子们，有的根本就没有见过驴子，即使见过，很可能是在动物园里，他们对驴子知之甚少，不过，这不是他们的过错，是时代进步造成的。发达国家已不用驴子之类的家畜作为运输工具了。但是，驴子毕竟也是我们地球村的成员之一，没有了它，我还真的很想念。

孟宪臣

2005年8月 于北京

图书在版编目(CIP)数据

小毛驴之歌 /（西班牙）希梅内斯著；孟宪臣译. — 北京：北京十月文艺出版社，2025.4
ISBN 978-7-5302-2336-9

Ⅰ. ①小… Ⅱ. ①希… ②孟… Ⅲ. ①散文集—西班牙—现代 Ⅳ. ①I551.65

中国国家版本馆CIP数据核字(2023)第217219号

小毛驴之歌
XIAOMAOLÜ ZHI GE
（西班牙）希梅内斯　著　孟宪臣　译

出　　版	北 京 出 版 集 团	
	北京十月文艺出版社	
地　　址	北京北三环中路6号	
邮　　编	100120	
网　　址	www.bph.com.cn	
发　　行	新经典发行有限公司	
	电话 010-68423599	
经　　销	新华书店	
印　　刷	河北鹏润印刷有限公司	
版　　次	2025年4月第1版	
印　　次	2025年4月第1次印刷	
开　　本	850毫米×1168毫米 1/32	
印　　张	9.5	
字　　数	164千字	
书　　号	ISBN 978-7-5302-2336-9	
定　　价	58.00元	

如有印装质量问题，由本社负责调换
质量监督电话　010-58572393

版权所有，未经书面许可，不得转载、复制、翻印，违者必究。